この声とどけ！

恋がはじまる放送室☆

神戸遥真・作
木乃ひのき・絵

集英社みらい文庫

プロローグ

いつもいつも、何《なに》をやっても失敗《しっぱい》ばかりだった。

「ヒナはしょうがないなー」

そうやってみんな、許《ゆる》してくれた。

あたしは何《なに》をやってもダメだから。

何《なに》をやってもカラまわりするから。

だから、あたしはヘラッと笑《わら》ってかえすのだ。

「しょうがないよねー、あたしってば」

ホントは、こんな風《ふう》に笑《わら》いたくなんかなかった。

デキる自分《じぶん》のほうがよかった。

そんな自分《じぶん》がくやしかった。

……でも、あの日《ひ》。

あたしにだって、できることがあるのかもしれないって思《おも》えたから。

決意《けつい》した。

さらば、今《いま》までの自分《じぶん》！　って。

そういうわけで、あたしは今《いま》、放課後《ほうかご》の学校《がっこう》でとある部《ぶ》のチラシをさがしてた。

友《とも》だちの知花《ちか》をまきこんで、祈《いの》るみたいな気持《きも》ちでさがしてた――そんなとき。

「藍内陽菜《あいうちひな》さん？」

突然《とつぜん》、フルネームで名前《なまえ》を呼《よ》ばれた。

聞《き》き覚《おぼ》えがある声《こえ》に、とたんに暴《あば》れだしそうになる心臓《しんぞう》をおさえつつ顔《かお》をあげる。

クールな目《め》がまっすぐにあたしを見《み》ていた。

うまく返事《へんじ》ができないあたしなんておかまいなし、五十嵐先《いがらしせん》パイはつづけて聞《き》いてくる。

「つきあってくれないかな？」

人物紹介《じんぶつしょうかい》

藍内陽菜《あいうちひな》

中《ちゅう》1。ドジ・キャラを捨《す》てて、「何《なに》かをできる自分《じぶん》になりたい！」という目標《もくひょう》をかかげ、一目《ひとめ》ぼれした五十嵐先《いがらしせん》パイのいる放送部《ほうそうぶ》に入部《にゅうぶ》。

奏野《そうの》 響《ひびき》

中《ちゅう》1。五十嵐先《いがらしせん》パイの幼《おさな》なじみ。放送部所属《ほうそうぶしょぞく》。思《おも》ったことが、顔《かお》と言葉《ことば》にでるタイプ。

五十嵐《いがらし》 流《ながれ》

中《ちゅう》2。放送部《ほうそうぶ》の部長《ぶちょう》。クールで感情表現《かんじょうひょうげん》が少《すく》ないけれど、面倒見《めんどうみ》のいい性格《せいかく》。ヒナを放送部《ほうそうぶ》にスカウトする。

宮下知花《みやしたちか》

ヒナのクラスメイトで、小学校時代《しょうがっこうじだい》からの親友《しんゆう》。おしゃべり好《ず》きで情報《じょうほう》ツウ。新聞部所属《しんぶんぶしょぞく》。

鶴谷浅黄《つるたにあさぎ》

中《ちゅう》2。明《あか》るくて人《ひと》なつっこい性格《せいかく》。祖父《そふ》のおせんべい屋《や》の店番中《みせばんちゅう》に、ヒナと知《し》りあう。

景山大輔《かげやまだいすけ》

ヒナのクラスの担任《たんにん》で、放送部《ほうそうぶ》の顧問《こもん》。むらさき色《いろ》のジャージがトレードマーク。

目《もく》次《じ》

つきあってくれないかな？
ヒナさん、放送部《ほうそうぶ》入《はい》ってみない？

ドキドキ&《アンド》ワクワクで入《にゅう》部《ぶ》したけれど……!?

おまけに、幽霊部員《ゆうれいぶいん》もいるらしく……
この放送部《ほうそうぶ》、〝ワケアリ〟すぎませんー!?

1 つきあってくれないかな？

それは数日前《すうじつまえ》、入学式《にゅうがくしき》のことだった。

中学生活《ちゅうがくせいかつ》一日目《にちめ》から、あたしは追《お》いつめられていた。

『藍内《あいうち》』なんて苗字《みょうじ》のせいで、中学《ちゅうがく》でも一年《ねん》一組《くみ》出席番号《しゅっせきばんごう》一番《ばん》になったあたしは、入学式《にゅうがくしき》で新入生代表《しんにゅうせいだいひょう》あいさつをやらされることになってしまったのだった。

新《あたら》しい同級生《どうきゅうせい》や保護者《ほごしゃ》、先生《せんせい》、とにかくみんなの前《まえ》でしゃべらないといけない。

その事実《じじつ》を知《し》らされたのは、さらにさかのぼること数週間前《すうしゅうかんまえ》、入学説明会《にゅうがくせつめいかい》の日《ひ》。

「絶対《ぜったい》にムリですお許《ゆる》しください！」

って土下座《どげざ》までしたけど、「藍内《あいうち》さんっておもしろいね」って先生《せんせい》には笑《わら》われるし、お母《かあ》さんには「めったにできないことなんだから、がんばりなさい」なんてため息《いき》つかれた。

けどけどけどっ！

恥《はじ》をかくのはあたしじゃないか！

これまでの人生《じんせい》（たかだか十二年《ねん》だけど）、何《なに》をやってもとにかくダメだった。

たとえば、小学生《しょうがくせい》のころに通《かよ》うことになったピアノ教室《きょうしつ》。「ピアノが弾《ひ》けたらカッコいいよね」ってお母《かあ》さんにすすめられて習《なら》うことになった——けど。

最初《さいしょ》の音階練習《おんかいれんしゅう》でいきなりつまずいた。

先生《せんせい》は「かんたんだから」って言《い》ってるのに、テンポだってゆっくりなのに。楽譜《がくふ》を見《み》ながら両手《りょうて》の指《ゆび》を動《うご》かすの、あたしにはちっとも「かんたん」じゃなかった。

みんなにはできるらしい「かんたん」なことが全然《ぜんぜん》できない、そんなあたしが練習《れんしゅう》してもできるわけないって思《おも》ったら、レッスンに行《い》くのがイヤになった。

そうして一回《いっかい》ぽっきりでピアノ教室《きょうしつ》をやめたあたしは方向転換《ほうこうてんかん》、今度《こんど》は書道《しょどう》を習《なら》うことになった。お母《かあ》さんが「きれいな字《じ》が書《か》けたらいいよね」って——けど。

書道教室《しょどうきょうしつ》一日目《にちめ》、きれいな文字《もじ》を書《か》く前《まえ》に事件《じけん》が起《お》こった。あたしのすずりがひっくりかえって、半紙《はんし》だけじゃなくて書道道具《しょどうどうぐ》一式《いっしき》と床《ゆか》がまっ黒《くろ》けに。

「床《ゆか》に文字《もじ》書いてどーすんの？」って誰《だれ》かに笑《わら》われて、そこでムリだって悟《さと》った。床《ゆか》じゃなくて半紙《はんし》に文字《もじ》を書《か》いたところで、ヘタくそだって笑《わら》われるにちがいない。

そうしてあたしは書道教室《しょどうきょうしつ》にも行《い》かなくなった。

なのにめげないお母《かあ》さんは、そのあともあたしに色《いろ》んなものをやらせようとした。バドミントン、合唱《がっしょう》、水泳《すいえい》、そろばん……。

何《なに》をやってもうまくいかなくて、すぐにイヤになって逃《に》げだした。

「どうせできないし失敗《しっぱい》するし」って思《おも》ってばかりのあたしは、やる前《まえ》にあきらめて逃《に》げるのがすっかりクセになっていた、のに。

新入生代表《しんにゅうせいだいひょう》あいさつは、さすがにそうはいかなかった。逃《に》げようにも逃《に》げられない。

切《き》りすぎた前髪《まえがみ》のせいでこけしみたいだし、ただでさえ人前《ひとまえ》にはでたくなかったのに。

大勢《おおぜい》の人《ひと》の前《まえ》でビシッとカッコよくしゃべるだなんて、絶対《ぜったい》ムリ！

そんなわけで、この世《よ》のおわりみたいな顔《かお》をしてたら、お父《とう》さんには「原稿読《げんこうよ》むだけだろ」って笑《わら》ってなぐさめられた。

「そんなこと言《い》えるの、自分《じぶん》がやるわけじゃないからだし！」

なんてお父《とう》さんに文句《もんく》を言《い》ってたら、「そんなに自信《じしん》がないなら練習《れんしゅう》すればいいでしょ」って入学式当日《にゅうがくしきとうじつ》の朝《あさ》、お母《かあ》さんに朝早《あさはや》く家《いえ》を追《お》いだされてしまった。

——そういうわけで。

あたしは右《みぎ》も左《ひだり》もわからない中学校《ちゅうがっこう》で、朝《あさ》から一人《ひとり》で新入生代表《しんにゅうせいだいひょう》あいさつの練習《れんしゅう》をすることになったのだった。

雲《くも》のない、青空《あおぞら》がどこまでもひろがるいい天気《てんき》、まさに入学式日和《にゅうがくしきびより》。

人気《ひとけ》のない裏庭《うらにわ》ではチューリップとか色《いろ》とりどりの花《はな》が咲《さ》いていて、桜《さくら》の花《はな》びらがヒラヒラ舞《ま》う春《はる》らんまんって空気《くうき》なのに。

お先《さき》まっ暗《くら》って気分《きぶん》だ。練習《れんしゅう》すればいいでしょ、って言《い》われても。

何回読《なんかいよ》んでも、かならずどこかでつっかえて声《こえ》がふるえる。

緊張《きんちょう》でつまったのどの奥《おく》で言葉《ことば》は団子《だんご》になっちゃって、まっすぐに口《くち》からでてこない。

そんな自分《じぶん》の声《こえ》がマイクでひびきわたるなんて、想像《そうぞう》するだけで泣《な》けてくる。

両手《りょうて》で持《も》った原稿《げんこう》を、今《いま》すぐ紙飛行機《かみひこうき》にしてどこかに飛《と》ばしちゃいたい。

絶望《ぜつぼう》のどん底《ぞこ》、あきらめるしかないって気持《きも》ちながらも原稿《げんこう》をぼそぼそと読《よ》んでいた、まさにそのとき。

「ゆっくり、おちついて」

なんて、まさに「ゆっくり、おちついて」のお手本《てほん》みたいな声《こえ》が聞《き》こえてきた。

声《こえ》がしたほうをふりかえると、ちょっとはなれたところに男子生徒《だんしせいと》が立《た》っていた。ズボンのポケットに両手《りょうて》をつっこんでいる。

おろしたてのパリッとした制服《せいふく》って感《かん》じじゃなかったし、名札《なふだ》の色《いろ》を見《み》てすぐに先《せん》パイだってわかった。二年生《ねんせい》？

さらっとした黒髪《くろかみ》と白《しろ》い肌《はだ》が印象的《いんしょうてき》だった。表情《ひょうじょう》はクールで、何《なに》を考《かんが》えてるのか読《よ》みとれない。あたしのことを観察《かんさつ》するように切《き》れ長《なが》の目《め》を細《ほそ》められて、ちょっとビクリとする。

もしかして、あたしの声《こえ》がうるさかった、とか……？

その先《せん》パイは一歩《いっぽ》こちらにやってきた。

「今《いま》の、新入生代表《しんにゅうせいだいひょう》あいさつ？」

静《しず》かな口調《くちょう》で聞《き》かれてすぐさまうなずく。少《すく》なくともその声《こえ》は怒《おこ》ってはないみたいで、心《こころ》のすみっこでホッとしていたら。

「深呼吸《しんこきゅう》して、背《せ》すじをのばして」

急《きゅう》に何《なに》を言《い》われたのかわからずポカンとした。

すると、ほら、とせかされる。

よくわかんないけど、大《おお》きく息《いき》を吸《す》って背中《せなか》をピンとしてみた。

いつの間《ま》にか、さっきまで飛《と》びでそうだった涙《なみだ》はひっこんで、気《き》持《も》ちもおちついてくる。

「練習《れんしゅう》してたの？」

「はい。でも、うまく読《よ》めなくて……」

こたえた自分《じぶん》の声《こえ》は弱々《よわよわ》しくて情《なさ》けなかったけど、さっきまでよりは、すんなりのどからでてきたみたいだった。

そう、と先《せん》パイはつぶやくと、少《すこ》し考《かんが》える顔《かお》になってから口《くち》をひらく。

「すごくあせって聞《き》こえた。もっとゆっくり読《よ》んだら？　ゆっくりでも誰《だれ》も怒《おこ》らないし」

誰《だれ》も怒《おこ》らない、って言葉《ことば》に目《め》からウロコがポロポロする。

ちゃんとやらなきゃ、カッコよくしゃべらなきゃってビクビクしていた自分《じぶん》に気《き》がつく。

はずかしい、怒《おこ》られる、って。

でも、そんな必要《ひつよう》、じつはなかったのかも。

そう思《おも》ったら、あたしを追《お》いつめてた何《なに》かが消《き》えた。キリキリしてた気持《きも》ちからトゲがなくなっていく。

「もう一回《いっかい》、読《よ》んでみて」

え、なんておどろいたあたしにはおかまいなし。

「3、2、1……」

先《せん》パイはカウントダウンをはじめてしまう。

「キュー」

キューってなんだろう？

とかそんなこと聞《き》いてるヒマはない。

言《い》われたとおり、大《おお》きく深呼吸《しんこきゅう》して、背《せ》すじをのばして。

ゆっくり、おちついて原稿《げんこう》を読《よ》んだ。

先《せん》パイの名札《なふだ》には『五十嵐《いがらし》』って書《か》いてあった。五十嵐先《いがらしせん》パイは、そうしてあたしの練《れん》習《しゅう》を聞《き》いてくれた。

クールな雰囲気《ふんいき》で表情《ひょうじょう》もあまり変《か》えないし、最初《さいしょ》はこわい人《ひと》なんじゃないかって思《おも》ったけど。静《しず》かでおだやかな五十嵐先《いがらしせん》パイの空気《くうき》は、慣《な》れるととっても心地《ここち》よかった。

練習《れんしゅう》を見《み》られてるのに、おちついていられた。あせらずにいられる。

先《せん》パイはあたしが原稿《げんこう》を読《よ》みおわると、さっきみたいにアドバイスをくれた。

「猫背《ねこぜ》にならないように、肩《かた》の力《ちから》は抜《ぬ》いて」

「無理《むり》して大《おお》きな声《こえ》にしなくても、マイクがあるから大丈夫《だいじょうぶ》」

「体育館《たいいくかん》の一番後《いちばんうし》ろの壁《かべ》を見《み》るつもりで前《まえ》をむいて」

アドバイスはどれも短《みじか》い言葉《ことば》。でも、そうしたらよくなるかもって思《おも》えるものばかり。

そうして、何回《なんかい》かくりかえし読《よ》んでいって——

一度《いちど》もつっかえず、はっきりとした声《こえ》でおわりまで読《よ》めた。

最後《さいご》の「新入生代表《しんにゅうせいだいひょう》　藍内陽菜《あいうちひな》」って部分《ぶぶん》を読《よ》みおわった直後《ちょくご》、信《しん》じられない気持《きも》ちで両手《りょうて》がふるえた。

あたしにもできた！

まだ信《しん》じられない。こんな風《ふう》に「できた！」って思《おも》えたこと、だってこれまで一度《いちど》だってなかったんだから。

練習《れんしゅう》してもムリだって、ムダだって思《おも》ってた。どうせできないってすぐに逃《に》げてた。

でも、あたしにだって、練習《れんしゅう》すれば、がんばれば、できることがあるんだ！

「本番《ほんばん》でそれくらい読《よ》めたら大丈夫《だいじょうぶ》だよ」

一人《ひとり》で感動《かんどう》にひたっているあたしに、五十嵐《いがらし》先《せん》パイは太鼓判《たいこばん》をおしてくれた。それから、

「じゃあ」とまわれ右《みぎ》してしまう。

あまりにあっさりいなくなっちゃう先《せん》パイに、一瞬《いっしゅん》ポカンとしてから、あわてて声《こえ》をかけた。

「せ、先《せん》パイは何者《なにもの》ですか!?」

立ちどまった先《せん》パイはわずかに首《くび》をかしげる。
つかの間《ま》の感動《かんどう》なんてどこへやら、みるみるうちに顔《かお》がまっ赤《か》になってしまう。
さっきまで、先《せん》パイといたのにおちついていられた自分《じぶん》がウソみたい。
ドキドキが速《はや》くなって、心臓《しんぞう》がぎゅっとしてきたときだった。
「通《とお》りすがりの放送部員《ほうそうぶいん》だよ」
最初《さいしょ》と同《おな》じ。ゆっくり、おちついてこたえた先《せん》パイは、やっぱりクールな顔《かお》。
でも。
ほんの少《すこ》しだけ、その口《くち》もとに笑《え》みが浮《う》かんでいた。

☆

……そんなわけで。
ものすっごく緊張《きんちょう》したけど、新入生代表《しんにゅうせいだいひょう》あいさつは無事《ぶじ》におわった。
つっかえたり、とまっちゃったりっていうような失敗《しっぱい》もなかった。

先生《せんせい》もお母《かあ》さんもほめてくれたけど、それより何《なに》より、あたしにだってやればできることがあるってわかったことが、とってもうれしかった。

そして、あたしにだってやればできることもあるのなら。

変《か》わりたい。

中学《ちゅうがく》では今《いま》までとはちがう、一《ひと》つだけでもいいから、何《なに》かをできる自分《じぶん》になりたいって強《つよ》く思《おも》った。

そうして、あたしにだってできるって教《おし》えてくれたあの先《せん》パイがいるはずの、放送部《ほうそうぶ》が気《き》になっているのだった。

なのに。

「放送部《ほうそうぶ》なんて、ホントにあるの?」

知花《ちか》からの今日《きょう》何度目《なんどめ》かの質問《しつもん》に、こたえにつまる。

あたしたちは、校舎一階《こうしゃいっかい》にある大《おお》きな掲示板《けいじばん》の前《まえ》に立《た》っていた。

『仮入部員募集中《かりにゅうぶいんぼしゅうちゅう》!』『見学大歓迎《けんがくだいかんげい》!』『きみも一緒《いっしょ》に青春《せいしゅん》しよう!』

掲示板《けいじばん》には、たくさんの部活動《ぶかつどう》の勧誘《かんゆう》チラシがベタベタはられてるっていうのに。どれだけさがしても、放送部《ほうそうぶ》のチラシが見《み》つからない。

「入学式《にゅうがくしき》の前《まえ》に、緊張《きんちょう》しすぎてマボロシでも見《み》たんじゃないの？」

新入生代表《しんにゅうせいだいひょう》あいさつの練習《れんしゅう》をしたときの話《はなし》を、知花《ちか》にはしてあった。だからこそ、知花《ちか》はおもしろがって放送部《ほうそうぶ》のチラシさがしを手伝《てつだ》ってくれてるんだけど。

同小《おなしょう》の知花《ちか》とは小《しょう》五のころから同《おな》じクラスで、ラッキーなことに中学《ちゅうがく》でも同《おな》じクラス。高《たか》いところで結《むす》んだポニーテールがトレードマークの、頼《たよ》りになるハキハキした女《おんな》の子《こ》だ。

あたしのヘマとかドジをいつだって笑《わら》ってすませてくれる貴重《きちょう》な友《とも》だち。

そういうことを言《い》うと「ヒナってば大《おお》げさ！」って知花《ちか》はまた笑《わら》うけど、あたしがそういうキャラなのは事実《じじつ》だし。

って、ちょっとネガティブ・スイッチが入《はい》りかけたあたしは首《くび》をふる。

変《か》わるんだって決意《けつい》したばっかりなのに！　こんなんじゃダメだ！

「マ、マボロシなわけないよ！」

「でもさー。お昼《ひる》の放送《ほうそう》ないじゃん、うちの学校《がっこう》」

じつは、あたしもそのことが気《き》になってはいた。

入学《にゅうがく》してからはや一週間《いっしゅうかん》。これまで、給食《きゅうしょく》の時間《じかん》にお昼《ひる》の放送《ほうそう》を聞《き》いたことは一度《いちど》もなかった。放送部《ほうそうぶ》があるなら、お昼《ひる》の放送《ほうそう》くらいあってもよさそうなのに。

「放送部《ほうそうぶ》じゃなくて、別《べつ》の部《ぶ》の聞《き》きまちがいとかじゃないの？」

記憶《きおく》のなかの先《せん》パイはたしかに「放送部員《ほうそうぶいん》」って言《い》ってた、ハズなんだけど。

「あの場《ば》で、ちゃんとお礼《れい》くらい言《い》えばよかった……」

先《せん》パイに「何者《なにもの》ですか!?」なんて聞《き》いたくせに、肝心《かんじん》のお礼《れい》を言《い》ってないってことにあとから気《き》づいたのだ。

あんなに丁寧《ていねい》に色《いろ》んなことを教《おし》えてくれたのに。最後《さいご》にあんなことを聞《き》くなんてナイにもほどがある。

「つまりさー、ヒナは結局《けっきょく》、その先《せん》パイのことが気《き》になってるだけなんじゃない？」

顔《かお》が熱《あつ》くなる。図星《ずぼし》。

でもでもでも！

「それだけじゃ――」

「藍内陽菜《あいうちひな》さん？」

突然《とつぜん》、背後《はいご》から名前《なまえ》を呼《よ》ばれてふりかえって顔《かお》をあげる。

あ、とまぬけな声《こえ》がでて、思《おも》わず口《くち》を両手《りょうて》でふさぐ。

思《おも》いだすたびにもどかしい気持《きも》ちになってた、また会《あ》いたいと思《おも》ってた人《ひと》がそこにはいて、クールな目《め》があの日《ひ》みたいにあたしを見《み》ている。

五十嵐《いがらし》先《せん》パイ！

先《せん》パイとむかいあうと、少《すこ》し見《み》あげるかたちになった。思《おも》ってたよりも先《せん》パイは背《せ》が高《たか》い、というかあたしがチビなんだけど。

ヤバい、心臓《しんぞう》がビックリしすぎておかしい。

先《せん》パイに会《あ》いたいとは思《おも》ってた。けど、こんなに都合《つごう》よく会《あ》えちゃうなんて、ちょっと反則《はんそく》！　って気持《きも》ちになる。心《こころ》の準備《じゅんび》がっ！

——あぁでも。先《せん》パイ、あたしの名前《なまえ》、覚《おぼ》えててくれたんだ。

新入生代表《しんにゅうせいだいひょう》あいさつの練習《れんしゅう》で、何度《なんど》も「新入生代表《しんにゅうせいだいひょう》　藍内陽菜《あいうちひな》」って読《よ》んだ。そりゃ覚《おぼ》えてるにちがいない。

でも、もう一週間《いっしゅうかん》も前《まえ》のこと。

うれしい。やっぱりうれしい。覚《おぼ》えててくれたなんて思《おも》ってもみなかった。顔《かお》から湯気《ゆげ》がでる。おちつけあたし！

先《せん》パイとむきあったまま、あたしは何《なに》も言《い》えずにいる。

のどがキュッとして言葉《ことば》がでない。

こういうときは、そう、ゆっくり、おちついて、深呼吸《しんこきゅう》して、背《せ》すじをのばして……。

と、そんなあたしの一方《いっぽう》で。

例《れい》のごとくでクールな雰囲気《ふんいき》のまま、先《せん》パイはなんでもないような口調《くちょう》でとんでもないことを口《くち》にした。

「つきあってくれないかな？」

五十嵐
フラ…

2 先《せん》パイからのお誘《さそ》い

「つきあってくれないかな？」

その言葉《ことば》に、一瞬《いっしゅん》、放課後《ほうかご》の学校《がっこう》のにぎやかさが遠《とお》のいて、時間《じかん》がとまった。

……つきあう？　誰《だれ》が？　誰《だれ》と？　あたしが？　先《せん》パイと？

とまってた時間《じかん》は、知花《ちか》があげたヘンな悲鳴《ひめい》のおかげで動《うご》きだす。

「どうぞ！　つきあってあげてください！」

知花《ちか》はあたしの背中《せなか》を全力《ぜんりょく》でおす。って、そんなんされたら転《ころ》ぶから！

カチコチのあたしと挙動不審《きょどうふしん》な知花《ちか》を前《まえ》にしても、五十嵐《いがらし》先《せん》パイは表情《ひょうじょう》をくずさない。

「あ、じゃあ遠慮《えんりょ》なく借《か》りていきます」

先《せん》パイはさらっとそう言《い》って、転《ころ》びかけてるあたしに「こっち」と手《て》まねきした。そのままさっさと廊下《ろうか》を歩《ある》きだしてしまう。

上履《うわば》きの両足《りょうあし》に力《ちから》がうまく入《はい》らなくてヒザが笑《わら》った。

「ど、ど、どどどうし――」

どうしよう、って言《い》いかけたあたしの背中《せなか》を知花《ちか》はパシンとたたき、にぎったこぶしをふりあげる。

「行《い》ってこい！」


放課後《ほうかご》の学校《がっこう》では、部活動《ぶかつどう》の勧誘合戦《かんゆうがっせん》がまだつづいてる。

でも、そんなのはもう、目《め》にも耳《みみ》にも入《はい》ってこない。

廊下《ろうか》の角《かど》を曲《ま》がって階段《かいだん》をのぼって、先《さき》を行《い》く先《せん》パイのブレザーの背中《せなか》だけを追《お》いかけた。

……「つきあう」って、なんだろう。

そりゃ、五十嵐《いがらし》先《せん》パイには感謝《かんしゃ》してたし、お礼《れい》もちゃんと言《い》えてなかったし、また話《はな》したかったし、あわよくば放送部《ほうそうぶ》に入《はい》りたい！　って思《おも》ってたけどさ。

つきあうって展開《てんかい》は、急《きゅう》すぎじゃない？

それもよりによって、あたしみたいなチビでちんちくりんと……。

まさか、からかわれてる？

ドキドキしっぱなしの心臓《しんぞう》が疲《つか》れてヘロヘロしてきた。

『ドッキリ作戦大成功《さくせんだいせいこう》！』みたいな看板《かんばん》を持《も》った人《ひと》があらわれても平気《へいき》なように、覚悟《かくご》だけはしておこう。

なんて、ごちゃごちゃ考《かんが》えてたせいで前《まえ》を見《み》てなかった。

急《きゅう》に先《せん》パイの背中《せなか》で視界《しかい》がいっぱいになった直後《ちょくご》、あたしはそこにつっこんでひっくりかえった。

「すすすみませんーっ！」

立《た》ちどまった五十嵐《いがらし》先《せん》パイにぶつかるなんて！

先《せん》パイは予想《よそう》どおり、あきれた顔《かお》であたしを見《み》おろしてる。

「前見《まえみ》て歩《ある》いてた？」

見《み》てませんでしたすみません、なんて廊下《ろうか》に座《すわ》りこんだ状態《じょうたい》で頭《あたま》をさげる。

これって土下座《どげざ》だ。何《なに》やってるんだあたし。

頭《あたま》の上《うえ》でため息《いき》が聞《き》こえた。

ほら、って声《こえ》に顔《かお》をあげると、五十嵐先《いがらしせん》パイが中腰《ちゅうごし》になって手《て》をさしだしてくれてて。

……王子《おうじ》さまみたい。

妄想爆発《もうそうばくはつ》してる自分《じぶん》に気《き》がついて首《くび》をふる。

廊下《ろうか》で土下座《どげざ》するあたしが迷惑《めいわく》なだけだから！

王子《おうじ》さまじゃなくて五十嵐先《いがらしせん》パイだから！

だけど、だけど――

体中《からだじゅう》の血《ち》が沸騰《ふっとう》してどうしようもない。熱《あつ》い。心臓《しんぞう》が痛《いた》い、胃《い》も痛《いた》い。目《め》がまわりそう。

……もうダメだ、色々《いろいろ》もたない。

「つ、つきあうってなんですかっ！」

あたしはとうとう噴火《ふんか》した。

五十嵐先《いがらしせん》パイはけど、やっぱりクールだった。
何度《なんど》か目《め》をぱちくりとさせて、すぐそばのドアに目《め》をやる。
そこには『放送室《ほうそうしつ》』というプレートがついていた。
ドアの上《うえ》には、明《あ》かりが消《き》えた『放送中《ほうそうちゅう》』の赤《あか》いライト。
ドアの横《よこ》の壁《かべ》になぜか取《と》りつけられてる、まっ赤《か》なポスト。
「放送室《ここ》までつきあってほしかったんだけど。用《よう》でもあった？」
破裂寸前《はれつすんぜん》だった風船《ふうせん》が、一気《いっき》にしぼんでくみたいに気《き》が抜《ぬ》ける。
さしだされた先《せん》パイの手《て》をとるなんてできるわけがない。
廊下《ろうか》にずぶずぶ沈《しず》みこみたい気持《きも》ちでその場《ば》につっぷした。

☆

放送室《ほうそうしつ》のなかに通《とお》された。室内《しつない》は小《ちい》さな穴《あな》が規則正《きそくただ》しくならんでいる防音《ぼうおん》の壁《かべ》にかこまれていて、なかにもう一枚《まい》ある防音扉《ぼうおんとびら》を五十嵐先《いがらしせん》パイがあけてくれる。

「すごい……」

防音扉《ぼうおんとびら》のむこうには、あたしがこれまで見《み》たこともさわったこともない、むずかしそうな機材《きざい》がたくさんあった。マイク、スピーカー、コード、大《おお》きなCD《シーディー》ラック。

部屋《へや》の奥《おく》は大《おお》きなガラスがはめこまれた壁《かべ》で仕切《しき》られてて、もう一枚防音扉《まいぼうおんとびら》がある。

放送室《ほうそうしつ》のなかは、二枚《まい》の防音扉《ぼうおんとびら》で三《みっ》つの部屋《へや》に区切《くぎ》られてるみたいだ。入口《いりぐち》のせまい空間《くうかん》と、あたしが今《いま》いるちょっと広《ひろ》めの部屋《へや》と、ガラスのむこうの部屋《へや》。

ガラスのむこうの部屋《へや》は窓《まど》に面《めん》していて、グラウンドが見《み》おろせるみたい。

小学生《しょうがくせい》のころは放送室《ほうそうしつ》に入《はい》ったことがなかったし、なかがこんな風《ふう》になってるだなんて知《し》らなかった。ちっちゃなラジオ局《きょく》みたいな感《かん》じでおもしろい。

ついまじまじと放送室《ほうそうしつ》を観察《かんさつ》しているあたしに、五十嵐先《いがらしせん》パイが教《おし》えてくれた。

「今《いま》いるここがスタジオで、奥《おく》が機材室《きざいしつ》」

今《いま》いる広《ひろ》めの部屋《へや》がスタジオで、ガラスで仕切《しき》られたむこうが機材室《きざいしつ》、ということか。

スタジオ、ってことは、ここでしゃべったりするのかな。

先《せん》パイは防音扉《ぼうおんとびら》を閉《し》めながら、「とりあえず、座《すわ》る？」と聞《き》いてきた。

藍内

防音扉《ぼうおんとびら》が閉《し》められると放課後《ほうかご》のざわざわした音《おと》がとたんに聞《き》こえなくなって、静《しず》かな空《くう》間《かん》に先《せん》パイの声《こえ》だけがポツリとおちる。

……これ、もしかしてもしかしなくても、二人《ふたり》きりってヤツ？

心《こころ》のなかでさらにおちつかなくなったあたしに、五十嵐《いがらし》先《せん》パイがパイプ椅子《いす》をひろげてくれた。もうジタバタしてもしょうがない、姿勢《しせい》を正《ただ》してそっと座《すわ》る。

先《せん》パイは近《ちか》くの壁《かべ》にもたれてこっちを見《み》た。

冷静《れいせい》でおちついたクールな目《め》。何《なに》があっても、あたしみたいにバタバタしないにちがいない。それだけでもなんか、尊敬《そんけい》っていうか、あこがれちゃいそうになる。

……「つきあって」の意味《いみ》がカレシカノジョ的《てき》なおつきあいじゃないっていうのはわかったけど、でも。

五十嵐《いがらし》先《せん》パイにここにつれてこられた理由《りゆう》は、やっぱりよくわからない。

あたしとしては、五十嵐《いがらし》先《せん》パイにお礼《れい》が言《い》いたかったし、放送部《ほうそうぶ》に興味《きょうみ》もあったからよかったけど。先《せん》パイがあたしに用《よう》があるとは思《おも》えない。

「ヒナさんは、もう部活《ぶかつ》は決《き》めた？」

下《した》の名前《なまえ》で呼《よ》ばれて目《め》を丸《まる》くする。

ヒナさん、なんてお上品《じょうひん》に呼《よ》ばれたこと、これまでの人生《じんせい》でなかったよ！

「ま、まだ、決《き》めてないです！」

五十嵐《いがらし》先《せん》パイが気《き》になるので放送部《ほうそうぶ》に興味《きょうみ》がありました！　とかさすがに言《い》えない。

……もしかして。

妄想《もうそう》するな勝手《かって》に期待《きたい》するな、なんて自分《じぶん》にクギを刺《さ》す。

だけど、そんなあたしにはおかまいなく、先《せん》パイは期待《きたい》どおりの言葉《ことば》をくれた。

「ヒナさん、放送部《ほうそうぶ》、入《はい》ってみない？」


……うれしいけど。

ものすっごくうれしいけど。

こんなに望《のぞ》んだとおりの展開《てんかい》になるなんて、それこそ夢《ゆめ》かマボロシかって気《き》になる。

「な、なんであたしなんですか？」

自分《じぶん》の言葉《ことば》にちょっと冷静《れいせい》になった。

そうだ、このあたしなのだ。

どんな習《なら》いごとをしてもつづかなくてダメダメだった、このあたし！

新入生代表《しんにゅうせいだいひょう》あいさつを読《よ》むだけでもすごく大変《たいへん》だった、このあたし！

将来有望《しょうらいゆうぼう》な放送部員《ほうそうぶいん》になれそうだから、なんて理由《りゆう》じゃないハズだ。

「上級生《じょうきゅうせい》、今《いま》はぼくしかいないんだ。チラシを作《つく》るところまで手《て》がまわらなかったから、新入生《しんにゅうせい》はぼくが個別《こべつ》に直接勧誘《ちょくせつかんゆう》してて」

五十嵐先《いがらしせん》パイのこたえはあたしが知《し》りたかったものとは少《すこ》しズレてて、はぁ、なんて気《き》の抜《ぬ》けた返事《へんじ》をしちゃう。とりあえず、チラシがなかった理由《りゆう》だけはわかった。

「新入生代表《しんにゅうせいだいひょう》あいさつの練習《れんしゅう》してるときに話《はな》したし、ヒナさんならいいかなって」

いやいやいやいや！

「何《なに》もよくないですよ！　あたしが人前《ひとまえ》でまともにしゃべれないの、知《し》ってるじゃないですか！」

「でも、ちゃんと練習《れんしゅう》して、本番《ほんばん》ではうまくできてたよね？」

予想《よそう》もしてなかったその言葉《ことば》に、一瞬《いっしゅん》で顔《かお》が熱《あつ》くなる。

本番《ほんばん》、ちゃんと聞《き》いててくれたんだ。しかも、「うまく」だなんて！

感動《かんどう》しすぎて言葉《ことば》につまっちゃったけど、今《いま》はそういうことじゃなくて。

「それは先《せん》パイがアドバイスを……」

「アドバイスされたって、やる気《き》がなかったらできないよ」

そうなのかな。それならうれしい、けど。

放送部《ほうそうぶ》には興味《きょうみ》があった。あたしにもできるって、変《か》わりたいって思《おも》ってた。

でも、五十嵐《いがらし》先《せん》パイのほうから誘《さそ》われるのは、話《はなし》がちがうよね。

期待《きたい》されるのはこわい。

できるかどうかわからないけどやってみたい、っていうのとは全然《ぜんぜん》ちがう。

できるって言《い》われてがんばって、それでもヘマをしちゃったら……？

だまりこんだあたしに、先《せん》パイは言葉《ことば》をつづける。

「じつは、新入生《しんにゅうせい》があと一人《ひとり》入《はい》ってくれないと、うちの部《ぶ》、廃部《はいぶ》になるんだ」

廃部《はいぶ》、なんて不穏《ふおん》な単語《たんご》なのに、先《せん》パイはやっぱりおちついた口調《くちょう》だ。

「それ……放送部《ほうそうぶ》、なくなっちゃうってことですよね？」

あたしが入《はい》るかどうか迷《まよ》ってるうちに、肝心《かんじん》の放送部《ほうそうぶ》がなくなっちゃうのは……。こまる。

「それと。新入生《しんにゅうせい》があと一人《ひとり》入《はい》ったら、お昼《ひる》の放送《ほうそう》を復活《ふっかつ》させていいって話《はなし》になってるんだ」

復活《ふっかつ》……ってことは。

「やっぱり、お昼《ひる》の放送《ほうそう》、今《いま》はやってないんですね」

「そう。もう何《なん》か月《げつ》もやれてないんだ」

これまであまり動《うご》くことのなかった先《せん》パイの表情《ひょうじょう》が、わずかにさびしそうなものに変《か》わった気《き》がしてドキリとする。

「先《せん》パイは……お昼《ひる》の放送《ほうそう》、復活《ふっかつ》させたいんですね？」

先《せん》パイはしっかりとうなずいた。

「どうしても、復活《ふっかつ》させたい」

それはいつもの、ゆっくりおちついた声《こえ》なのに、なぜかきっぱりと強《つよ》くはっきり耳《みみ》にとどいた。

くわしい事情《じじょう》はわからない。

でも、入学式《にゅうがくしき》の日《ひ》にあたしを助《たす》けてくれた五十嵐先《いがらしせん》パイがこまってるなら、今度《こんど》はあたしが力《ちから》になりたい。

あたしにできるのか、って不安《ふあん》は強《つよ》い気持《きも》ちでふりはらう。

できるのか、じゃなくて、できるようになる、だ。

あの日《ひ》みたいにたくさん練習《れんしゅう》して、できるようになる。

あたしはできるようになりたい。

変《か》わりたい。

もうあともどりできない。そんな決意《けつい》もこめて、思《おも》いっきり声《こえ》をだす。

「あたしでよければ、入部《にゅうぶ》させてくださいっ！」

わずかな間《ま》があった。

しぼみそうになる気持《きも》ちのまま、思《おも》わずつむってしまった目《め》をあける。

五十嵐先《いがらしせん》パイと目《め》があった。

先《せん》パイはやっぱりあまり表情《ひょうじょう》を動《うご》かさない。でも、その目《め》はやさしく細《ほそ》められていく。

「ありがとう」

機材《きざい》でいっぱいの放送室《ほうそうしつ》が、先《せん》パイとはじめて会《あ》った、桜《さくら》が舞《ま》ってた裏庭《うらにわ》みたいに色《いろ》づいた。

あたしに何《なに》ができるのか、ここで何《なに》がはじまるのか、今《いま》はまったく想像《そうぞう》できない。

でも、先《せん》パイはあたしを必要《ひつよう》としてくれた。

放送部《ここ》でがんばっていこう、できるようになろう、変《か》わっていこうって気持《きも》ちを強《つよ》くした。

3 活動開始《かつどうかいし》！

翌朝《よくあさ》。教室《きょうしつ》につくなり知花《ちか》に昨日《きのう》のことを話《はな》した。

「なーんだ、カレシができたんじゃないのか」

「そんなわけないし」

でも、カレシじゃなくたってうれしい、これはにやけちゃう。

入部届《にゅうぶとどけ》は、さっき担任《たんにん》の景山先生《かげやませんせい》（なんと放送部《ほうそうぶ》の顧問《こもん》だった）に提出《ていしゅつ》してきた。

これで今日《きょう》から、五十嵐先《いがらしせん》パイと同《おな》じ放送部《ほうそうぶ》！

手足《てあし》をジタバタさせたい気持《きも》ちで幸《しあわ》せをかみしめてるあたしの頭《あたま》を、知花《ちか》がなでなでする。

「ま、よかったね。昨日《きのう》の先《せん》パイって、二年《ねん》の五十嵐先《いがらしせん》パイでしょ。五十嵐流《いがらしながれ》」

「知《し》ってたの？」

「知《し》らなかったけど、新聞部《しんぶんぶ》の先《せん》パイに聞《き》いた」

小学生《しょうがくせい》のころから情報屋《じょうほうや》って呼《よ》ばれていた知花《ちか》は、入学早々《にゅうがくそうそう》に新聞部《しんぶんぶ》に入部届《にゅうぶとどけ》をだしていた。放送部員《ほうそうぶいん》のあたしですら知《し》らない先《せん》パイの下《した》の名前《なまえ》まで知《し》ってるなんてさすがだ。

先《せん》パイの名前《なまえ》、ナガレっていうのか。

先《せん》パイはあたしのこと「ヒナさん」って呼《よ》んでくれてるし、あたしも「ナガレ先《せん》パイ」……って呼《よ》ぶのはムリ、はずかしすぎる。

「五十嵐先《いがらしせん》パイってクールだし目立《めだ》つタイプじゃないんだけど、お昼《ひる》の放送《ほうそう》があったころに、きれいな声《こえ》だって話題《わだい》になったんだって。見《み》た目《め》も悪《わる》くないし、それで一部《いちぶ》の女子《じょし》に人気《にんき》がでたらしいよ」

知花《ちか》の言葉《ことば》に、浮《う》かれてふわふわだったあたし、水《みず》でもかけられたみたいに冷静《れいせい》になる。

そりゃそうだよね。あたしがあこがれるくらいだし、人気《にんき》がないほうがおかしい。

「まさか、新入生代表《しんにゅうせいだいひょう》あいさつの練習《れんしゅう》につきあってくれたの、五十嵐先《いがらしせん》パイだったとはねー」

昨日《きのう》、あのあと放送室《ほうそうしつ》で聞《き》いた話《はなし》によると。

五十嵐先《いがらしせん》パイは入学式《にゅうがくしき》で使《つか》う音響機材《おんきょうきざい》の準備《じゅんび》で学校《がっこう》に来《き》ていて、あたしが練習《れんしゅう》していたところをたまたま通《とお》りかかったらしい。

「あまりにヒドかったから、見《み》て見《み》ぬフリができなかったんじゃないかな……」

おかげで放送部《ほうそうぶ》に勧誘《かんゆう》できてよかった、とは言《い》われたけど。

そういえば、って知花《ちか》が何《なに》かを思《おも》いだした顔《かお》になる。

「去年《きょねん》はもう一人《ひとり》、放送部《ほうそうぶ》に部員《ぶいん》がいたらしいよ」

知花《ちか》の情報《じょうほう》に首《くび》をかしげる。昨日《きのう》、上級生《じょうきゅうせい》は五十嵐先《いがらしせん》パイしかいないって聞《き》いたばかりだった。引退《いんたい》した三年生《ねんせい》のことかな。

「その人《ひと》は、トークがすごくおもしろくて人気《にんき》だったんだって」

☆

朝《あさ》からドキドキしっぱなし、授業《じゅぎょう》じゃ先生《せんせい》の声《こえ》は頭《あたま》を素通《すどお》りしてくし給食《きゅうしょく》は味《あじ》がしないし何度《なんど》もすっ転《ころ》びそうになったしで、もうぐちゃぐちゃだったけど、ついに放課後《ほうかご》になった。

はじめての部活《ぶかつ》だ。

足《あし》はカチコチ、心臓《しんぞう》をバクバクさせながら、昨日《きのう》、五十嵐先《いがらしせん》パイにつれてこられた校舎《こうしゃ》の二階《かい》にある放送室《ほうそうしつ》になんとか到着《とうちゃく》する。

放送室《ほうそうしつ》のドアは閉《し》まっていて、昨日《きのう》と同《おな》じように壁《かべ》にはナゾの赤《あか》いポストがある。ポストから視線《しせん》を上《うえ》にむけて、『放送中《ほうそうちゅう》』のランプがついていないのを一応確認《いちおうかくにん》。

大《おお》きく深呼吸《しんこきゅう》して、思《おも》いきってドアをあけた。

いざっ！

「失礼《しつれい》します！」

最初《さいしょ》が肝心《かんじん》、元気《げんき》がいちばん！　なんてつもりで大《おお》きくあいさつしてみたのに。

五十嵐先《いがらしせん》パイはいなかった。

がっかり半分《はんぶん》、ホッとした気持《きも》ち半分《はんぶん》でいたら。

「勝手《かって》に入《はい》るな」

放送室《ほうそうしつ》のなかから声《こえ》がして、知《し》らない男子《だんし》ににらまれているのに気《き》がついた。

「ご、ごめんなさい」

カギがあいていたわけだし、誰《だれ》かがいるって考《かんが》えるべきだった。

その男子《だんし》は首《くび》から大《おお》きなヘッドフォンをさげていた。めずらしくてついまじまじ見《み》ていたら、「なんだよ」とじとっとした目《め》をむけられてしまう。

「さっさとでてけ」

追《お》いはらうようにしっしっと手《て》でやられ、またしても「ごめんなさい」ってあやまりそうになってからハッとする。

放送部員《ほうそうぶいん》なんだから、ここで帰《かえ》っちゃダメ

だ！

「あの、あたし、一年《ねん》一組《くみ》の藍内陽菜《あいうちひな》です」

その男子《だんし》はあたしを見《み》ると、こっちにむきなおった。

五十嵐《いがらし》先《せん》パイほど背《せ》は高《たか》くなくて、どっちかといえば小柄《こがら》。そのせいかヘッドフォンが余計《よけい》に大《おお》きく見《み》えた。唇《くちびる》は一の字《じ》にひき結《むす》ばれている。

あ、上履《うわば》きの色《いろ》があたしと同《おな》じ。一年生《ねんせい》だ！

「もしかして、放送部《ほうそうぶ》の新入生《しんにゅうせい》？」

おずおずと聞《き》いてみると、その男子《だんし》はうなずいた。

「そう。一年《ねん》三組《くみ》、奏野響《そうのひびき》」

名前《なまえ》を教《おし》えてくれた奏野《そうの》くんにとたんにうれしくなった。新入生《しんにゅうせい》の仲間《なかま》ができるなんて思《おも》ってもみなかったから、すごく心強《こころづよ》いし仲《なか》よくなりたくて前《まえ》のめり気味《ぎみ》に言《い》った。

「あたしも放送部員《ほうそうぶいん》なの！　よろし――」

「聞《き》いてないんだけど」

奏野《そうの》くんはあたしの言葉《ことば》をさえぎると、ますます不機嫌《ふきげん》そうな顔《かお》になる。

「女子《じょし》が入《はい》るなんて聞《き》いてない、迷惑《めいわく》」

……そりゃ、あたしは毎日《まいにち》ドジするし、人《ひと》に迷惑《めいわく》かけてばかりだけど。

さすがに、会《あ》ってすぐのこの人《ひと》には迷惑《めいわく》かけてないと思《おも》う！

「なんでそんなこと言《い》うの？」

せっかく部活仲間《ぶかつなかま》ができたと思《おも》ったのに。

怒《いか》りを通《とお》り越《こ》して悲《かな》しくなったそのとき、「あれ？」と背後《はいご》から聞《き》き覚《おぼ》えのある声《こえ》がふってきた。

心臓《しんぞう》がはねる。五十嵐先《いがらしせん》パイ！

五十嵐先《いがらしせん》パイは、いつものクールな目《め》であたしたち二人《ふたり》を見《み》くらべる。

「もう仲《なか》よくなったの？」

「なわけねーだろ！」

すぐさまかみついた奏野《そうの》くんの頭《あたま》を、先《せん》パイがその手《て》でポンポンした。

……うらやましい。

こうして、なんだかギスギスした空気《くうき》のなか、放送部《ほうそうぶ》のミーティングがはじまった。放《ほう》送室《そうしつ》のなかで一番広《いちばんひろ》いスタジオの、まんなかにおかれた長机《ながづくえ》を三人《にん》でかこむ。

入口《いりぐち》と機材室《きざいしつ》の間《あいだ》にあるスタジオは、防音扉《ぼうおんとびら》を閉《し》めるとすごく静《しず》か。おちつかないあたしは、ついスタジオのなかを観察《かんさつ》する。

何《なに》かの書類《しょるい》やCD《シーディー》がずらっとならんだスチールラック。

壁《かべ》の時計《とけい》は針《はり》の音《おと》が鳴《な》らないタイプで、秒針《びょうしん》がゆっくりとまわっている。

すみっこには新入生代表《しんにゅうせいだいひょう》あいさつで使《つか》ったようなマイクスタンドが何本《なんぼん》も立《た》っていて、足《あし》もとはコードだらけ。気《き》をつけないとあたしみたいなドジはいつか絶対《ぜったい》に転《ころ》ぶ。

「……もう一人《ひとり》が女子《じょし》だなんて聞《き》いてない」

奏野《そうの》くんは、まだそんなことをブツブツ言《い》ってて肩身《かたみ》がせまい。

そんな奏野《そうの》くんのことを「気《き》にしなくていいよ」なんて五十嵐先《いがらしせん》パイはさらりと流《なが》す。

そうは言《い》われてもって思《おも》ったけど、二人《ふたり》は家《いえ》が近所《きんじょ》の幼《おさな》なじみなんだと教《おし》えてくれた。気《き》心《ごころ》が知《し》れてるなら、まぁいいのかな。

「二人《ふたり》が入《はい》ってくれたおかげで、放送部《ほうそうぶ》の廃部《はいぶ》はなくなりました。ありがとう」

ということは。

「先《せん》パイがやりたいって言《い》ってた、お昼《ひる》の放送《ほうそう》もできるんですね？」

五十嵐《いがらし》先《せん》パイがうなずいた。

入部《にゅうぶ》しただけとはいえ、力《ちから》になれてホントによかった！

「なので、これからはお昼《ひる》の放送《ほうそう》の再開《さいかい》にむけて活動《かつどう》していきます。とりあえず、次《つぎ》からはジャージで放送室《ほうそうしつ》に来《き》てください」

「ジャージ？」

「筋《きん》トレにきまってんだろ」

先《せん》パイの代《か》わりにこたえた奏野《そうの》くんに目《め》を丸《まる》くする。

「放送部《ほうそうぶ》って文化部《ぶんかぶ》じゃないの？」

「ほら見《み》ろ、こいつ、何《なに》もわかってないし」

「ヒビキだって、最初《さいしょ》から何《なに》もかもわかってたわけじゃないだろ」

先《せん》パイはそんな風《ふう》に奏野《そうの》くんをたしなめてから、あたしにあやまる。

「入部《にゅうぶ》してもらう前《まえ》に、もう少《すこ》し説明《せつめい》すればよかったね」

放送部《ほうそうぶ》の活動《かつどう》には、肺活量《はいかつりょう》を鍛《きた》えるためのランニングや筋《きん》トレ、発声練習《はっせいれんしゅう》もあるのだと先《せん》パイが教《おし》えてくれた。

奏野《そうの》くんの言《い》うとおり、あたしってば何《なに》もわかってなかった。

上手《じょうず》に話《はな》せるように練習《れんしゅう》しなきゃいけないのはわかってたけど、運動部《うんどうぶ》みたいな練習《れんしゅう》があるなんて思《おも》ってもみなかったよ！

……でもでもでも。

「大丈夫《だいじょうぶ》です！　がんばります！」

もちろんあたしは運動《うんどう》オンチだけど、やってもみないうちに逃《に》げたら今《いま》までと何《なに》も変《か》わらない。

それじゃあ、と五十嵐《いがらし》先《せん》パイは立《た》ちあがった。

「今日《きょう》はお試《ため》しで、何《なに》か読《よ》んでみようか」

雰囲気《ふんいき》がでるからって、機材室《きざいしつ》にある放送卓《ほうそうたく》のマイクの前《まえ》に座《すわ》らされた。

放送卓《ほうそうたく》には「フェーダー」って呼《よ》ばれるたくさんのつまみがずらっとならんでて、これをおしあげるとマイクが音《おと》をひろう仕組《しく》みだ。

放送卓《ほうそうたく》の右《みぎ》はしには首《くび》をもたげるような細《ほそ》いマイクがあって、一人《ひとり》でしゃべるようなかんたんな放送《ほうそう》だったら、スタジオを使《つか》わないでここだけでもできるのだという。

「今《いま》の状態《じょうたい》で、どれくらい読《よ》めるか知《し》っておくのも大事《だいじ》かなって」

蛍光灯《けいこうとう》を反射《はんしゃ》してマイクが銀色《ぎんいろ》に光《ひか》る。もちろんフェーダーはあがってないし、あたしの声《こえ》が学校中《がっこうじゅう》に流《なが》れることもない。だから緊張《きんちょう》する必要《ひつよう》なんてない、んだけど。

五十嵐先《いがらしせん》パイにわたされた、先月号《せんげつごう》の学校新聞《がっこうしんぶん》を持《も》った手《て》がプルプルする。

……逃《に》げたい。

って思《おも》ってからハッとする。ダメ、ダメ、ダメ。

変《か》わるって決《き》めたじゃないか！

あの日《ひ》、先《せん》パイが教《おし》えてくれた呪文《じゅもん》を心《こころ》のなかでくりかえす。

ゆっくり、おちついて、深呼吸《しんこきゅう》して、背《せ》すじをのばして。

読《よ》むのはかんたんな文章《ぶんしょう》、新入生代表《しんにゅうせいだいひょう》あいさつができたあたしなら大丈夫《だいじょうぶ》！

五十嵐先《いがらしせん》パイが、あの日《ひ》みたいにカウントダウンをはじめる。

「3、2、1……キュー」

『三年生《ねんせい》のみなさん、ご卒業《そつぎょう》おめでとうございます』

「ささささ三年生《ねんせい》のみなさん、ご卒業《そつぎょう》おめでとうございましゅ！」

奏野《そうの》くんがふきだした。

☆

休憩時間《きゅうけいじかん》になって、逃《に》げるように放送室《ほうそうしつ》をでた。

そのまま廊下《ろうか》を進《すす》んで非常扉《ひじょうとびら》をあけ、誰《だれ》もいない非常階段《ひじょうかいだん》のすみっこにうずくまる。

両《りょう》うでに顔《かお》をうずめたまま、「あー」って声《こえ》をだした。音楽室《おんがくしつ》の吹奏楽《すいそうがく》の音《おと》にまぎれて、あたしの声《こえ》はすぐに聞《き》こえなくなる。

つっかえても舌《した》をかんでも声《こえ》が小《ちい》さくなっても笑《わら》われても、最後《さいご》まで読《よ》んだ。

でも、最後《さいご》まで読《よ》んだだけ。

五十嵐先《いがらしせん》パイは、あたしがどんなにトチっても表情《ひょうじょう》を変《か》えなかった。

藍内

けどきっと、こんな子《こ》を誘《さそ》っちゃって失敗《しっぱい》したなって思《おも》われたにちがいない。

くやしい。

新入生代表《しんにゅうせいだいひょう》あいさつはできたんだし、もうあたしは「できるあたし」なんだって思《おも》ってた。

でももしかしたら、あのときは何《なに》かの奇跡《きせき》が起《お》きて、たまたまうまくいっただけなのかも。

五十嵐先《いがらしせん》パイがスラスラ読《よ》めるのはあたり前《まえ》だけど、あたしのあとに同《おな》じ学校新聞《がっこうしんぶん》を読《よ》んだ奏野《そうの》くんも、声《こえ》がはっきりしていて堂々《どうどう》としていた。

できてないのは、あたしだけ。

あのあと、奏野《そうの》くんに言《い》われた「放送部《ほうそうぶ》なんて、むいてないんじゃない？」って言葉《ことば》に心《こころ》をえぐられる。

……動《うご》けなかった。

放課後《ほうかご》の学校《がっこう》は活気《かっき》があってにぎやかなのに、あたしのまわりだけがシンとしてる。

原稿《げんこう》を読《よ》む五十嵐先《いがらしせん》パイの姿《すがた》を思《おも》い浮《う》かべる。

背中《せなか》がすっとのびて、いつも以上《いじょう》におちついて見《み》えた。静《しず》かで耳《みみ》に心地《ここち》よくて、だけど言葉《ことば》がはっきりしていて聞《き》きとりやすい声《こえ》。

あたしとはちがうんだなぁって思《おも》った。原稿《げんこう》を持《も》っただけでおちつかなくて、声《こえ》も体《からだ》もプルプルしちゃうあたしとは、何《なに》もかもが、ちがいすぎ。

そんな先《せん》パイと同《おな》じ部活《ぶかつ》でやってけるなんて、どうして思《おも》っちゃったんだろう。

あきらめみたいな気持《きも》ちでいっぱいになってくる。練習《れんしゅう》したところであたしはあたし、先《せん》パイみたいになれるわけがない。

休憩時間《きゅうけいじかん》はおわっちゃったかもしれない。放送室《ほうそうしつ》にもどらなきゃって思《おも》うのに、がっかりした先《せん》パイの顔《かお》を見《み》たくなくて足《あし》が動《うご》かない。

「……どうせダメだし」

口《くち》にだしてつぶやいてみたら悲《かな》しくなってきた。

どうせできないって逃《に》げてばかりだった自分《じぶん》を変《か》えたかったのに――

「こんなところにいた」

そのとき、音《おと》を立《た》ててひらいた非常扉《ひじょうとびら》から、五十嵐《いがらし》先《せん》パイが顔《かお》をだした。

五十嵐先《いがらしせん》パイは、座《すわ》りこんだまま固《かた》まってるあたしを見《み》おろしている。

その目《め》をまともに見《み》かえせない。

思《おも》わずぎゅっと目《め》をつむったら、すぐ近《ちか》くで足音《あしおと》がした。

「ヒナさんを見《み》てると、一年前《ねんまえ》の自分《じぶん》を見《み》てるみたいでさ」

その言葉《ことば》に目《め》をあけた瞬間《しゅんかん》、息《いき》を飲《の》む。

あたしのとなりに、先《せん》パイが片《かた》ひざを立《た》てて座《すわ》ってた。

先《せん》パイは非常階段《ひじょうかいだん》の柱《はしら》を見《み》つめながらつづける。

「放送部《ほうそうぶ》に入《はい》るまで、人前《ひとまえ》で話《はな》すの苦手《にがて》だったんだ」

ドクドクしてる血管《けっかん》の音《おと》が聞《き》こえちゃいそうで、あたしはそっと壁《かべ》ぎわに寄《よ》ってから聞《き》いた。

「い……五十嵐先《いがらしせん》パイが、ですか？」

そうだよ、と先《せん》パイは前《まえ》をむいたままこたえる。

「もともと、人前《ひとまえ》で話《はな》すのは得意《とくい》じゃないんだ。緊張《きんちょう》しちゃってうまく声《こえ》がだせなかった」

信《しん》じられなくて、その横顔《よこがお》をまじまじと見《み》てしまった。

あんなに堂々《どうどう》と話《はな》せる五十嵐《いがらし》先《せん》パイなのに？

先《せん》パイは「ウソじゃないよ」と苦笑《くしょう》する。

「一年《ねん》のころ同《おな》じクラスだったヤツに、無理《むり》やり放送部《ほうそうぶ》につれてかれたんだ。部員《ぶいん》が足《た》りないからって、そのまま流《なが》れで入《はい》ることになって」

意外《いがい》だった。五十嵐《いがらし》先《せん》パイは、自分《じぶん》から放送部《ほうそうぶ》に入《はい》ったわけじゃなかったんだ。

「そいつは話《はな》すことが好《す》きだったんだけど、ぼくは話《はな》すことに興味《きょうみ》があったわけじゃないし、むしろ苦手《にがて》だったたし。――あぁ、そっか」

先《せん》パイはこっちをむいた。クールな目《め》が、少《すこ》しだけやさしく細《ほそ》められる。

「新入生代表《しんにゅうせいだいひょう》あいさつの練習《れんしゅう》をしてたヒナさんもすごく緊張《きんちょう》してて、昔《むかし》の自分《じぶん》と似《に》てるなぁって思《おも》ったんだ。だからヒナさんのこと、放送部《ほうそうぶ》に誘《さそ》ったのかも」

五十嵐《いがらし》先《せん》パイはすごい人《ひと》だ。

いつもクールであこがれで。

そんな先《せん》パイに「似《に》てる」なんて言《い》われても。

「あ、あたしと五十嵐《いがらし》先《せん》パイじゃ、全然《ぜんぜん》ちがいますっ……」

先《せん》パイはあたしの言葉《ことば》にはこたえず、話《はなし》をつづける。

「去年《きょねん》の夏前《なつまえ》かな。三年生《ねんせい》の先《せん》パイが引退《いんたい》して、一人《ひとり》しかいなかった二年生《ねんせい》の先《せん》パイまで転校《てんこう》することになっちゃったんだ。残《のこ》されたのは、一年生部員《ねんせいぶいん》二人《ふたり》だけ」

そこで少《すこ》しだけ先《せん》パイは間《ま》をあけた。

「正直《しょうじき》、逃《に》げちゃいたかったんだけどさ」

その言葉《ことば》に体《からだ》がちぢこまった。さっきあたしは、逃《に》げたいって思《おも》ったばかりだ。

「少《すく》なくともあのころは一人《ひとり》じゃなかったし、やるしかないって覚悟《かくご》したんだ。それで夢《む》中《ちゅう》でやってたら、苦手《にがて》とか緊張《きんちょう》するとか、そういうのはあまり思《おも》わなくなってた」

一年生《ねんせい》がたった二人《ふたり》の部《ぶ》。

どれだけの覚悟《かくご》が必要《ひつよう》だったのかな。

だからさ、と先《せん》パイは明《あか》るくまとめた。

「うまくいかなくても失敗《しっぱい》してても、つづけていれば、いつの間《ま》にかできるようになってるものだよ」

今《いま》のあたしに、できなかったころの五十嵐先《いがらしせん》パイを想像《そうぞう》するのはむずかしい。

でも、逃《に》げずにつづけてみたら、あたしでも少《すこ》しは先《せん》パイに近《ちか》づけるかな。

放送部《ほうそうぶ》に入《はい》ってまだ一日《にち》だって思《おも》いなおす。逃《に》げるには、絶望《ぜつぼう》するにはまだ早《はや》いのかも。

五十嵐先《いがらしせん》パイにむきなおる。

ゆっくり、おちついて。深呼吸《しんこきゅう》して、背《せ》すじをのばして。

「ありがとうございます」

はっきりと言《い》えた。

うなずいてくれた五十嵐先《いがらしせん》パイに、あたしを動《うご》けなくしていたものが消《き》えていく。

逃《に》げないでやってみよう。

先《せん》パイが立《た》ちあがり、あたしも立《た》ってスカートをはらった。先《せん》パイがだまって待《ま》っててくれてるのが気《き》はずかしくて、ごまかすみたいに話《はな》しかける。

「五十嵐先《いがらしせん》パイのことを放送部《ほうそうぶ》に誘《さそ》った人《ひと》は、あたしにとっての五十嵐先《いがらしせん》パイみたいなものですね」

あ、その人《ひと》が、知花《ちか》が言《い》ってた「トークがおもしろい人《ひと》」なのかな……。

五十嵐先《いがらしせん》パイの顔色《かおいろ》がわずかに変《か》わった。

あれ？　五十嵐先《いがらしせん》パイを放送部《ほうそうぶ》に誘《さそ》った人《ひと》は、今《いま》は二年生《ねんせい》ってこと？

でも、放送部《ほうそうぶ》の上級生《じょうきゅうせい》は五十嵐先《いがらしせん》パイしかいないよね。

なんだかイヤな予感《よかん》がしたけど、聞《き》かずにはいられなかった。

「あの……その人《ひと》は今《いま》、どうしてるんですか？」

「逃《に》げたよ」

その言葉《ことば》はあまりに冷《つめ》たくひびく。

「何《なに》も言《い》わないで、一人《ひとり》で逃《に》げた」

退部《たいぶ》したのかなって考《かんが》えてから、気《き》がついた。

五十嵐先《いがらしせん》パイ、その人《ひと》がいなくなって、一人《ひとり》になっちゃったんだ。

一人《ひとり》じゃなかったからがんばったのに、一人《ひとり》になった。

先《せん》パイはすぐにいつもの雰囲気《ふんいき》にもどった。なんでもないわけないのに、なんでもないってクールな顔《かお》に。

「新入生代表《しんにゅうせいだいひょう》あいさつ、ヒナさんは逃《に》げずに練習《れんしゅう》してた。そういうの、すごいことだと思《おも》うよ」

もどろう、と言《い》われてうなずいた。

あたしは五十嵐先《いがらしせん》パイを残《のこ》して絶対《ぜったい》に逃《に》げないって、心《こころ》のなかで固《かた》く誓《ちか》った。

4 仲間《なかま》

放送部《ほうそうぶ》に入部《にゅうぶ》してから、数日《すうじつ》がたったある日《ひ》の夜《よる》。
お風呂《ふろ》あがりにリビングにいたら、お母《かあ》さんにのぞきこまれた。
「姿勢《しせい》よくして何《なに》やってるかと思《おも》ったら」
ソファに座《すわ》って背《せ》すじをのばして、あたしが読《よ》んでたのは「滑舌表《かつぜつひょう》」だ。
舌《した》が滑《すべ》るって名前《なまえ》のとおり、口《くち》や舌《した》の動《うご》きをよくするための訓練《くんれん》に使《つか》われているものだ。
「やってみてよ」とお母《かあ》さんにつつかれて、ちょっと照《て》れたけどゆっくり読《よ》んだ。
あえいうえおあお
かけきくけこかこ
させしすせそさそ
たてちつてとたと……

五十嵐先《いがらしせん》パイからのアドバイスを思《おも》いだす。

声《こえ》を前《まえ》のほう、四、五メートル先《さき》まで飛《と》ばすようなつもりで。

ほっぺたの筋肉《きんにく》をあげて、口《くち》をよく動《うご》かして。

途中《とちゅう》でかんでとまっちゃったけど、それでもお母《かあ》さんはパチパチ手《て》をたたいてくれる。

「すごいね、ホントに放送部《ほうそうぶ》に入《はい》ったんだね」

この口調《くちょう》だと、冗談《じょうだん》だと思《おも》われてたのかも。

「まだ全然《ぜんぜん》できないから、家《うち》でも練習《れんしゅう》しようかなって」

お昼《ひる》の放送《ほうそう》が復活《ふっかつ》する、っていっても、その前《まえ》にやらなきゃいけないことは山《やま》のようにあった。

肺活量《はいかつりょう》をつけるためのランニング、筋《きん》トレ、発声練習《はっせいれんしゅう》、滑舌《かつぜつ》をよくするための訓練《くんれん》などなど。五十嵐先《いがらしせん》パイに近《ちか》づくための道《みち》のりは、遠《とお》くて長《なが》くてとってもきびしい。

「そうだね、練習《れんしゅう》しないとね」

お母《かあ》さん、なんだかものすごくニコニコしてる。

「いいことでもあったの？」

「うん。ヒナが練習《れんしゅう》してるのがうれしい」

「なんで？　できないから練習《れんしゅう》してるのに」

「だって、ヒナ、いつもすぐにあきらめちゃってたじゃない。練習《れんしゅう》なんてしたってムダだーって」

あらためて人《ひと》に言《い》われるとグサッとくる。

「あたしだって、その、がんばるときはがんばるよ」

五十嵐先《いがらしせん》パイのおかげでがんばってるなんて調子《ちょうし》よすぎだけど、こんな風《ふう》にお母《かあ》さんがよろこんでくれるならよかった。

放送部《ほうそうぶ》の活動《かつどう》がはじまって、五十嵐先《いがらしせん》パイには色《いろ》んなことを教《おし》えてもらってる。その一方《いっぽう》で、奏野《そうの》くんとはギスギスしたままだった。

あいさつしてもかえしてくれないし。

あたしが近《ちか》づくと三歩《ぽ》さがるし。

話《はな》しかけようとするとヘッドフォンで耳《みみ》をふさぐし。

がんばってたら、奏野《そうの》くんも仲間《なかま》として認《みと》めてくれるようにならないかな。

少《すこ》ししてお父《とう》さんが帰《かえ》ってきて、また「滑舌表《かつぜつひょう》」を読《よ》まされた。

今度《こんど》は、さっきよりはかまずに読《よ》めた。

☆

週《しゅう》に三日《みっか》の放送部《ほうそうぶ》の活動日《かつどうび》は、校舎周《こうしゃまわ》りを二周《しゅう》ランニングしてから放送室《ほうそうしつ》に行《い》くのが決《き》まりになった。校舎周《こうしゃまわ》り二周《しゅう》で一・五キロ、運動《うんどう》オンチのあたしにとってはなかなかの距《きょ》離《り》だ。

放課後《ほうかご》になってジャージに着《き》がえると、部活《ぶかつ》やるぞーって気持《きも》ちがわいてくる。

かけ足《あし》で教室《きょうしつ》をでようとしたら、むらさき色《いろ》のジャージの誰《だれ》かにぶつかった。

「すみませんっ」

あたしがぶつかったのは、担任《たんにん》で放送部《ほうそうぶ》の顧問《こもん》でもある景山先生《かげやませんせい》だった。お父《とう》さんよりも少《すこ》し若《わか》いくらいの男《おとこ》の国語《こくご》の先生《せんせい》だ。

「これから放送部《ほうそうぶ》のトレーニング？」

うなずいたあたしに、景山先生《かげやませんせい》は顔《かお》を明《あか》るくして前髪《まえがみ》をかきあげた。もしゃっとした髪《かみ》の毛《け》は天《てん》パーだって言《い》ってたのを思《おも》いだす。

「今年《ことし》の一年《ねん》はやる気《き》があってエラいな」

まっすぐにほめられるとちょっと照《て》れる。

「やる気《き》があるのはいいけど、廊下《ろうか》は走《はし》るなよ」

景山先生《かげやませんせい》にペコリと頭《あたま》をさげて、はや歩《ある》きで昇降口《しょうこうぐち》へむかった。

最近《さいきん》あたしは〝やる気《き》になってる自分《じぶん》〟がうれしい。できてるかはわからないけど、少《すく》なくともやれてはいる。逃《に》げてないし、あきらめてもない。

夢中《むちゅう》でやってれば、いつかは五十嵐先《いがらしせん》パイみたいになれるかもしれない。「昔《むかし》はあたしも人前《ひとまえ》で話《はな》すの苦手《にがて》だったんだよね」なんて、いつか後輩《こうはい》に話《はな》しちゃったりして。

そうしてスキップを踏《ふ》みたい気分《きぶん》のまま校舎《こうしゃ》の外《そと》にでたところで、奏野《そうの》くんとはちあわせてドキリとした。

「きょ、今日《きょう》もがんばろうね」

精《せい》いっぱいのフレンドリーなあいさつもむなしく、奏野《そうの》くんはあたしをギロッとにらむと先《さき》に行《い》ってしまった。

放送部《ほうそうぶ》に入部《にゅうぶ》してからもう一週間《いっしゅうかん》以上《いじょう》たってるのに、奏野《そうの》くんはいまだにあたしのことがキラいらしい。

今日《きょう》は、五十嵐先《いがらしせん》パイは委員会《いいんかい》の会議《かいぎ》で遅《おく》れるって聞《き》いていた。なので、しばらくは奏《そう》野《の》くんと二人《ふたり》きり。

あたしは気合《きあ》いを入《い》れて奏野《そうの》くんを追《お》いかけた。

話《はなし》をするなら今《いま》だ。

体育《たいいく》が得意《とくい》じゃないあたしなので、ランニングのペースはもちろん遅《おそ》い。放送室《ほうそうしつ》にたどりつくのもいつもビリっけつで、走《はし》りおわるのに十分《ぷん》くらいかかる。

自分《じぶん》のペースで走《はし》ればいいって五十嵐先《いがらしせん》パイは言《い》ってくれるけど、そういうのも奏野《そうの》くんにキラわれる理由《りゆう》の一《ひと》つになってるのかも。

まだ半周《はんしゅう》もしてないのに心臓《しんぞう》バクバクの息切《いきぎ》れ状態《じょうたい》だけど、なんとか奏野《そうの》くんに追《お》いついた。

「い、一緒《いっしょ》に走《はし》ってもいい？」

横《よこ》にならんだあたしをじとっと見《み》ると、奏野《そうの》くんは鼻《はな》で笑《わら》う。

「できるならやってみれば？」

急《きゅう》にペースをあげられて、たちまちおいていかれた。


なんとかペースをあげてはみたものの、結局《けっきょく》、奏野《そうの》くんには追《お》いつけなかった。

無理《むり》なペースで走《はし》ったせいか、放送室《ほうそうしつ》についたころにはヘロヘロのフラフラ。

とっくに放送室《ほうそうしつ》についてた奏野《そうの》くんは、いつもみたいにヘッドフォンを首《くび》からさげて、
そんなあたしを見《み》て笑《わら》う。

「そんなんで、これから練習《れんしゅう》できるわけ？」

床《ゆか》に座《すわ》りこんでる場合《ばあい》じゃない。手《て》の甲《こう》で汗《あせ》をぬぐって、しゃきっと立《た》ちあがる。

「大丈夫《だいじょうぶ》！」

「じゃ、やろうか」

え？　と目《め》をまたたく。こんな風《ふう》に誘《さそ》ってくれるなんてはじめてだ。ちょっとは仲《なか》よく

しようと思《おも》ってくれたのかな。

五十嵐《いがらし》先《せん》パイから聞《き》いていた練習《れんしゅう》メニューだと、次《つぎ》は筋《きん》トレのはずだったけど、奏野《そうの》くんは何《なに》かをとってきて机《つくえ》の上《うえ》においた。

あ、これ知《し》ってる、メトロノームだ。カチ、カチ、カチってリズムをとるための道具《どうぐ》。

「これにあわせて、早口言葉《はやくちことば》を言《い》っていこう」

筋《きん》トレしなくていいのかなって思《おも》いつつも、奏野《そうの》くんを不機嫌《ふきげん》にさせたくなくてうなずいた。

五十嵐先《いがらしせん》パイから「滑舌表《かつぜつひょう》」と一緒《いっしょ》にもらった、『あめんぼのうた』のプリントを奏野《そうの》くんは取《と》りだす。

『あめんぼのうた』は詩人《しじん》の北原白秋《きたはらはくしゅう》が書《か》いた詩《し》で、正式《せいしき》なタイトルは『五十音《ごじゅうおん》』という。

滑舌《かつぜつ》の練習《れんしゅう》によく使《つか》われてるものなんだって。

「リズムにあわせて、一行《ぎょう》ずつ交互《こうご》に読《よ》んでくのでいい？」

「わかっ、た」

まだ息《いき》があがってて、声《こえ》がかすれた。のどがカラカラしてて汗《あせ》がとまらない。

先《さき》に水《みず》を飲《の》みにいかせてもらおうかなって思《おも》ってたら。

「じゃ、はじめよう」

奏野《そうの》くんがメトロノームのネジをまいた。


「あめんぼあかいなあいうえお」

「うきもにこえびもおよいでる」

「かきのきくりのきかきくけこ」

「きつつきこつこつかれけやき」

カチ、カチ、カチ。メトロノームがリズムを刻《きざ》む。

「ささげにすをかけさしすせそ」

「そのうおあさせでさしました」

「ちがう」

奏野《そうの》くんにピシャリと言《い》われて息《いき》をのんだ。


「五十音《ごじゅうおん》」

水馬赤《あめんぼあか》いな。ア、イ、ウ、エ、オ。

浮藻《うきも》に小蝦《こえび》もおよいでる。

柿《かき》の木《き》、栗《くり》の木《き》。カ、キ、ク、ケ、コ。

啄木鳥《きつつき》こつこつ、枯《か》れけやき。

大角豆《ささげ》に酢《す》をかけ、サ、シ、ス、セ、ソ。

その魚浅瀬《うおあさせ》で刺《さ》しました。

立《た》ちましょ、喇叭《らっぱ》で、タ、チ、ツ、テ、ト。

トテトテタッタと飛《と》び立《た》った。

蛞蝓《なめくじ》のろのろ、ナ、ニ、ヌ、ネ、ノ。

納戸《なんど》にぬめって、なにねばる。

ヘンな汗《あせ》がでた。

「『そのうおあさせでさしました』だ」

「ご、ごめん……」

さっきから休憩《きゅうけい》なしで練習《れんしゅう》をつづけてて、『あめんぼのうた』をもう何周《なんしゅう》もしてる。

「もう一回《いっかい》」

言《い》われたとおり、もう一回《いっかい》読《よ》んだ。同《おな》じところでかんだ。

「なんでできないんだよ」

あやまろうとしたら今度《こんど》はせきがでた。カラカラになったのどが痛《いた》い。

「おまえ、ホントにやる気《き》あんの？」

メトロノーム越《ご》しに、奏野《そうの》くんはあたしをにらむ。

「やる気《き》ないならやめろよ」


鳩《はと》ぽっぽ、ほろほろ。ハ、ヒ、フ、ヘ、ホ。

日向《ひなた》のお部屋《へや》にゃ笛《ふえ》を吹《ふ》く。

蝸牛《まいまい》、螺旋巻《ねじまき》、マ、ミ、ム、メ、モ。

梅《うめ》の実《み》落《お》ちても見《み》もしまい。

焼栗《やきぐり》、ゆで栗《ぐり》。ヤ、イ、ユ、エ、ヨ。

山田《やまだ》に灯《ひ》のつく宵《よい》の家《いえ》。

雷鳥《らいちょう》は寒《さむ》かろ、ラ、リ、ル、レ、ロ。

蓮花《れんげ》が咲《さ》いたら、瑠璃《るり》の鳥《とり》。

わい、わい、わっしょい。ワ、ヰ、ウ、ヱ、ヲ。

植木屋《うえきや》、井戸換《いどが》え、お祭《まつり》だ。

『名作童謡《めいさくどうよう》 北原白秋《きたはらはくしゅう》100選《せん》』（春陽堂書店《しゅんようどうしょてん》）

※一部《いちぶ》、旧《きゅう》かな遣《づか》いを現代《げんだい》かな遣《づか》いにしました。

カチ、カチ、カチ……。

あたしたちの間《あいだ》で、メトロノームの音《おと》が行《い》ったり来《き》たりをくりかえす。

カチ、カチ、カチ……。

無機質《むきしつ》な音《おと》は防音壁《ぼうおんへき》に吸《す》いこまれるように消《き》え、あたしたちの間《あいだ》にある気《き》まずさがどんどん強調《きょうちょう》されてくみたいだった。

気《き》がつきたくなくても、気《き》がついてしまう。

奏野《そうの》くんは、最初《さいしょ》からあたしと練習《れんしゅう》する気《き》なんてなかったんだ。

「あたしは……」

声《こえ》がでない。苦《くる》しい。クラクラする。

たしかにあたしはできてない、けど。

どうしたら、奏野《そうの》くんに認《みと》めてもらえるんだろう——

あたしを責《せ》めるようにつづいていたカチ、カチ、カチが突然《とつぜん》とまった。

「ヒビキ、やりすぎ」

顔《かお》をあげる。いつ来《き》たんだろう。

五十嵐《いがらし》先《せん》パイがメトロノームの針《はり》を手《て》でとめていた。

顔《かお》を洗《あら》って水《みず》を飲《の》んで、少《すこ》し休《やす》んだらおちついてきた。

そっと放送室《ほうそうしつ》にもどると、奏野《そうの》くんの姿《すがた》はなかった。

「あの、奏野《そうの》くんは……」

「頭冷《あたまひ》やすまで放《ほう》っておけばいいんだ」

机《つくえ》の上《うえ》のメトロノームは、まるでぽつんとおいてきぼりにされてるみたいだった。

奏野《そうの》くん、五十嵐《いがらし》先《せん》パイに怒《おこ》られたのかも。

なんだか悪《わる》い気《き》がした。奏野《そうの》くんをイライラさせた原因《げんいん》はあたしなのに。

「あの……奏野《そうの》くんのこと、さがしにいってもいいですか？」

「ヒナさんが気《き》にすることないよ」

いつものクールな口調《くちょう》だったけど、その言葉《ことば》にはわずかにトゲがあるように聞《き》こえた。

先《せん》パイが怒《おこ》ってくれるのはうれしい、けど。

「あたしがダメダメなのが悪《わる》いし……何《なに》か、奏野《そうの》くんにも事情《じじょう》があるのかもしれないし」

それに。

「あたし、奏野《そうの》くんに仲間《なかま》だって認《みと》めてもらいたくて」

ドキドキしながら一人《ひとり》で放送室《ほうそうしつ》に行《い》ったあの日《ひ》。ほかにも一年生《ねんせい》がいるってわかって、とってもうれしかった。

放送部《ほうそうぶ》にいるなら、奏野《そうの》くんにキラわれたままでいいわけない。

「奏野《そうの》くんから逃《に》げたくないんです」

五十嵐先《いがらしせん》パイがあきらめたようにため息《いき》をついたのを見《み》て、あたしは放送室《ほうそうしつ》からかけだした。


一人《ひとり》になりたかったらどこに行《い》くかなって考《かんが》えて、すぐにその場所《ばしょ》が浮《う》かんだ。

奏野《そうの》くんは、いつかのあたしと同《おな》じ、非常階段《ひじょうかいだん》にいた。

壁《かべ》ぎわに座《すわ》りこみ、大《おお》きなヘッドフォンをしてうつむいてる。

「奏野《そうの》くん、」

そっと声《こえ》をかけてみたけど反応《はんのう》がない。聞《き》こえてないのかも。

グラウンドから、野球部《やきゅうぶ》なのか、バットにボールがあたるカキンという音《おと》が聞《き》こえてきた。わー、という歓声《かんせい》も。

だけど、奏野《そうの》くんはピクリとも動《うご》かない。

……怒《おこ》られるかもしれないけど。

「――えいっ」

あたしは奏野《そうの》くんの頭《あたま》からヘッドフォンを勢《いきお》いよくひっこ抜《ぬ》いた。

「うわっ」

おどろいた奏野《そうの》くんがバランスをくずして床《ゆか》に手《て》をつく。

ヘッドフォンを持《も》ってるあたしに気《き》づくと、たちまちその顔《かお》を険《けわ》しくした。

「かえせっ」

奏野《そうの》くんはすぐさまヘッドフォンをうばいかえして両手《りょうて》でかかえる。

二人《ふたり》して無言《むごん》のままむかいあうと、気《き》まずい空気《くうき》が流《なが》れた。

「……なんだよ。ナガレに言《い》われて来《き》たのかよ」

「そうじゃないよ。あたしが話《はなし》、したくて」

「なんで、」

「なんでって……あたしも放送部員《ほうそうぶいん》だし、奏野《そうの》くんにキラわれてるのは、やっぱりヤだなって」

五十嵐先《いがらしせん》パイとちがって、奏野《そうの》くんは思《おも》ってることをすぐに口《くち》にするし顔《かお》にもでやすい。

あたしをにらんでから、ぷいと目《め》をそらした。

「そっちこそ、イヤがらせされて、おれのことキラいになったんじゃないの？」

今日《きょう》までのあれこれ、やっぱりイヤがらせだったのか……。

あらためて言《い》われるとちょっとヘコむけど、でもしょーがない。それに、奏野《そうの》くんを責《せ》めたいわけじゃない。

「あたしが全然《ぜんぜん》できてないのはホントだから」

でも、だからこそ。

「奏野《そうの》くんに認《みと》めてもらえるようにがんば――」

「おれ、」

ヘッドフォンをかかえた手《て》をぎゅっとして、奏野《そうの》くんは足《あし》もとに目《め》をおとした。

「女子《じょし》、苦手《にがて》なんだ」

思《おも》いもかけない言葉《ことば》に目《め》をまたたく。

「小学校《しょうがっこう》で……クラスの女子《じょし》たちに、よってたかって『小《ちい》さい』とか『カワイイ』とか、からかわれて」

そういえば奏野《そうの》くん、前《まえ》に「女子《じょし》が入《はい》るなんて聞《き》いてない、迷惑《めいわく》」って言《い》ってたっけ。

たしかに、奏野《そうの》くんは男子《だんし》のなかでも小《ちい》さいほうだ。

にらまれてばかりで気《き》がつかなかったけど、言《い》われてみれば、目《め》も丸《まる》いし顔《かお》もかわいいほう、かもしれない。

そんな理由《りゆう》があったなんて思《おも》わなかった。

あたしだからってわけじゃなかったんだ。

すっかり暗《くら》い顔《かお》になってる奏野《そうの》くんが明《あか》るくなれるように、ポジティブに考《かんが》えてみる。

「それ、ほめてるつもりだったのかもしれないよ。ほら、女子《じょし》って、なんでも『カワイイ』って言《い》うし」

あたしだって、知花《ちか》と話《はな》してると「カワイイ」って言葉《ことば》、いっぱい使《つか》う。

「からかってるんじゃなくて、むしろ好《す》きだったのかも？」

「知《し》るか。おれはそれがイヤだったんだ」

その言葉《ことば》を聞《き》いてなんだかハッとした。

思《おも》いだす。あたしにも覚《おぼ》えがある。

——ヒナはしょうがないなー。

小学生《しょうがくせい》のころ、あたしがヘマするたびに、そんな風《ふう》に言《い》う子《こ》がいた。

あたしに気《き》をつかって言《い》ってくれてるのはわかってた。なぐさめようとしてくれてるんだって。

でも、「しょうがない」って言《い》われるたびに苦《くる》しくなった。

できない自分《じぶん》が悲《かな》しくなった。

よかれと思《おも》って言《い》った言葉《ことば》でも、言《い》われた本人《ほんにん》がイヤだったら。それはよくない言葉《ことば》になるってことなのかも。

「あたし……奏野《そうの》くんがイヤなら、絶対《ぜったい》にそんなこと言《い》わない」

顔《かお》をあげた奏野《そうの》くんと目《め》があった。

絶対《ぜったい》、って念《ねん》おしするみたいに大《おお》きくうなずいてみせる。

「わかるよ。あたしも同《おな》じようなこと、思《おも》ったことあるから。だから言《い》わない。だって、放送部《ほうそうぶ》の仲間《なかま》だもん」

奏野《そうの》くんはかかえていたヘッドフォンを首《くび》にかけて、顔《かお》を半分《はんぶん》かくした。

二人《ふたり》してだまりこむ。

また奏野《そうの》くんの気《き》にさわったのかもしれないって、ハラハラしはじめていたけど。

「ごめん」

その言葉《ことば》ははっきりと耳《みみ》にとどいた。

「迷惑《めいわく》とか、何《なに》もわかってないとか、やめろとか言《い》って、ごめん」

あたしはぶんぶんと首《くび》をふり、熱《あつ》くなった目《め》もとをごまかすみたいに声《こえ》をはりあげた。

「あ、あたし、がんばるから！　まだ全然《ぜんぜん》ダメだけど、奏野《そうの》くんに負《ま》けないように、がんばるから！」

奏野《そうの》くんは小《ちい》さくうなずいた。それから、つけくわえる。

「『全然《ぜんぜん》ダメ』ってことは、ないと思《おも》う」

「え？」

「最初《さいしょ》のころより、少《すこ》しはマシになってる」

立《た》ちあがった奏野《そうの》くんは、かえす言葉《ことば》を失《うしな》ってるあたしのわきを抜《ぬ》けて非常扉《ひじょうとびら》をあけた。

「放送室《ほうそうしつ》、もどんないの？」

「もどる！　――あ、あとさ」

「まだ何《なに》かあるの？」

奏野《そうの》くんはじとっとあたしを見《み》る。

でもそれはもう、にらむような目《め》じゃなかった。

「あたしも、ヒビキくんって名前《なまえ》で呼《よ》んでもいい？」

「別《べつ》にいいけど、」

「あたしだけ『奏野《そうの》くん』って呼《よ》んでるの、仲間《なかま》はずれっぽいなって思《おも》ってたんだ」

「……おれはナガレみたいに、『ヒナさん』だなんて呼《よ》ばないからなっ」

それだけ言《い》ってかけだした奏野《そうの》くん――じゃなくてヒビキくんを、あたしは笑《わら》いながら追《お》いかけた。

5 誕生日《たんじょうび》プレゼント

四月《がつ》ももうすぐ下旬《げじゅん》になる。

最初《さいしょ》はあたしのことをよく思《おも》っていなかったヒビキくんとも、あの日以来《ひいらい》、打《う》ちとけて話《はな》せるようになった。

仲間《なかま》がいると、それだけで部活《ぶかつ》はずっと楽《たの》しい。

気《き》がつけば、放送部《ほうそうぶ》はあたしにとって、すっかり居心地《いごこち》のいい場所《ばしょ》になっている。

放課後《ほうかご》のランニングにももう慣《な》れっこで、まわりを見《み》る余裕《よゆう》ができたからか、文化部《ぶんかぶ》だけど吹奏楽部《すいそうがくぶ》や演劇部《えんげきぶ》も走《はし》ってるってことに、今《いま》さらだけど気《き》がついた。

声《こえ》をだす部活《ぶかつ》ならみんなやってることなんだ、ってちょっと発見《はっけん》。

みんながやってることをあたしもやってる、やれている。

そのことがちょっと、ほこらしい。

ランニングのあとは腹筋《ふっきん》をやって発声練習《はっせいれんしゅう》。息《いき》をおなかからゆっくりと吸《す》って、「アー」と声《こえ》をだしてたっぷり二十秒間《びょうかん》のばす。

最初《さいしょ》は十五秒《びょう》が限界《げんかい》だったけど、今週《こんしゅう》になってやっと二十秒《びょう》にのばせるようになった。

口《くち》をたてにひらいて、声《こえ》をもっともっと遠《とお》くに飛《と》ばせるように意識《いしき》する。

そんな基礎練習《きそれんしゅう》ばかりの放送部《ほうそうぶ》だったけど、ついに、この日《ひ》がやってきた。

第一回《だいいっかい》、お昼《ひる》の放送会議《ほうそうかいぎ》！

ずっとやれていなかったお昼《ひる》の放送《ほうそう》の、復活《ふっかつ》にむけた会議《かいぎ》だ。

どんなコーナーにするかを決《き》めて、顧問《こもん》の景山先生《かげやませんせい》に報告《ほうこく》するんだって。

「お昼《ひる》の放送《ほうそう》は、とりあえず週《しゅう》に二回《かい》という話《はなし》になっています」

五十嵐先《いがらしせん》パイが会議《かいぎ》の司会進行《しかいしんこう》をする。

「景山先生《かげやませんせい》は会議《かいぎ》に参加《さんか》しないの？」

ヒビキくんの質問《しつもん》に、先《せん》パイはさらっとこたえる。

「まずは、自分《じぶん》たちで考《かんが》えたものを報告《ほうこく》するっていうのが約束《やくそく》の一《ひと》つなんだ」

約束《やくそく》の一《ひと》つ、ってことは、ほかにも約束《やくそく》があるのかな。

景山先生《かげやませんせい》にはときどき「放送部《ほうそうぶ》はどうだ？」って様子《ようす》を聞《き》かれてた。先生《せんせい》もお昼《ひる》の放送《ほうそう》がどうなるのか、気《き》になってるのかもしれない。

「去年《きょねん》までの放送《ほうそう》にこだわる必要《ひつよう》はないから」

先《せん》パイのそんな言葉《ことば》もあり、まずは自由《じゆう》にアイディアをだしていくことになった。

お昼《ひる》の放送《ほうそう》は、三十分《ぷん》ある給食《きゅうしょく》の時間《じかん》の後半《こうはん》十五分《ふん》。短《みじか》いようにも思《おも》えるけど、やろうと思《おも》えば色《いろ》んなことができるという。

「音楽《おんがく》コーナーは？　リクエストの募集《ぼしゅう》とかしたい」

首《くび》もとのヘッドフォンをいじりながらヒビキくんが提案《ていあん》する。給食《きゅうしょく》の時間《じかん》に音楽《おんがく》が流《なが》れるの、すごくいい。いかにもお昼《ひる》の放送《ほうそう》っぽくてわくわくする。

女子《じょし》だったらどんなコーナーがあったら楽《たの》しいかな。

「星占《ほしうらな》いコーナーとか」

「誰《だれ》が占《うらな》うんだよ」

ヒビキくんにすかさずつっこまれた。

「だよねぇ……」

と、ここで、あたしはひらめいてしまった。

会議中《かいぎちゅう》だし、ふまじめかな、ダメかな、って思《おも》ったけど。

「あたし、六月《がつ》三十日《にち》生《う》まれのカニ座《ざ》なんです」

いきなりそんなことを言《い》いだしたあたしに、ヒビキくんと五十嵐先《いがらしせん》パイがきょとんとする。

強引《ごういん》だってわかってる。でもでもでも！

やっぱり聞《き》きたい！

「い、五十嵐先《いがらしせん》パイは何座《なにざ》ですか？」

第一回《だいいっかい》、お昼《ひる》の放送会議《ほうそうかいぎ》がおわった。

放送室《ほうそうしつ》のカギを五十嵐先《いがらしせん》パイが職員室《しょくいんしつ》にかえしに行《い》ってるすきに、昇降口《しょうこうぐち》でヒビキくんに提案《ていあん》する。

「五十嵐先《いがらしせん》パイに、二人《ふたり》から誕生日《たんじょうび》プレゼントをわたすの、どうかな？」

強引《ごういん》だったけど、思《おも》いきって聞《き》いたあたしはグッジョブだった。

五十嵐先《いがらしせん》パイは四月生《がつう》まれのおうし座《ざ》、まさか来週《らいしゅう》が誕生日《たんじょうび》だったなんて！

「は？　なんでおれが」

「なんでって……あたしたち、後輩《こうはい》じゃん！　日《ひ》ごろの感謝《かんしゃ》をこめて、だよ」

あたし一人《ひとり》からだとあからさますぎる、っていうのももちろんある。

ヒビキくんは、じとーっと横目《よこめ》で見《み》てきた。

「っていうか、あげたきゃあげればいーじゃん。好《す》きなら自分《じぶん》でがんばれよ」

「好《す》っ……だ、誰《だれ》に聞《き》いたの!?」

「……見《み》てればわかるし」

ヒビキくんは言《い》うだけ言《い》うと、ヘッドフォンで耳《みみ》をふさいだ。

五十嵐先《いがらしせん》パイほどのポーカーフェイスにはなれないってわかってるけど、あたしってそんなにわかりやすいの!?　ちょっとショック。

壁《かべ》に手《て》をついたあたしに、ヒビキくんはヘッドフォンをはずしてため息《いき》をつく。

「いいよ、連名《れんめい》でプレゼント」

「え、ホント？」

「そのかわり、プレゼントはヒナが用意《ようい》しろよ」

「も、もちろん！　ありがとう！　さすがヒビキくんさまさまだよ！」

校舎《こうしゃ》のほうを見《み》て、五十嵐先《いがらしせん》パイがまだ来《き》てないのを確認《かくにん》する。

「ヒビキくん、幼《おさな》なじみなんでしょ？　何《なに》か、五十嵐先《いがらしせん》パイの好《す》きなものとか知《し》ってる？

チョコとかお菓子《かし》でもいいし」

ヒビキくんはヘッドフォンを片手《かたて》でいじりながら考《かんが》えこむ。

「とりあえず、甘《あま》いもの苦手《にがて》だぞ、あいつ。好《す》きなのは――」

☆

数日後《すうじつご》の部活帰《ぶかつがえ》り、あたしは近所《きんじょ》の商店街《しょうてんがい》に来《き》ていた。

大《おお》きな木《き》の看板《かんばん》と濃紺《のうこん》のかわら屋根《やね》を見《み》あげる。いかにも和風《わふう》な店《みせ》がまえの、「鶴谷堂《つるたにどう》」という名前《なまえ》のお店《みせ》。

ここにならあるかな。

かわら屋根《やね》と同《おな》じ色《いろ》の、のれんをくぐった。

夕方《ゆうがた》の商店街《しょうてんがい》は買《か》いものをする人《ひと》でにぎやかなのに、お店《みせ》のなかには誰《だれ》もいない。そのかわり、食欲《しょくよく》を刺激《しげき》する香《こう》ばしい匂《にお》いで満《み》ちていた。

「あ、あった」

壁《かべ》ぎわの棚《たな》には、個包装《こほうそう》のおせんべいがずらり。

ヒビキくんいわく、五十嵐先《いがらしせん》パイが好《す》きなのはおせんべい、らしい。

誕生日《たんじょうび》におせんべいかぁ、って気持《きも》ちもあったけどしょうがない。

それにしても、すごく種類《しゅるい》が多《おお》い。

おしょうゆ、みそ、黒《くろ》こしょう、サラダ、カレー、ざらめ、青《あお》のり……。

あぁ、迷《まよ》う、これは迷《まよ》う。数《かぞ》えきれない。

五十嵐先《いがらしせん》パイが食《た》べるところをイメージしてみるけど、うまくいかない。

だっておせんべいなんてイメージになかったし！

「いらっしゃい」

突然《とつぜん》かけられた声《こえ》に飛《と》びあがった。

レジのカウンターのところに、うちの中学《ちゅうがく》のブレザーを着《き》た男子《だんし》が立《た》っていた。

見《み》るからに人《ひと》なつっこい雰囲気《ふんいき》で、にっこりと笑《わら》いかけてくる。

「ここ、おれのじーちゃんちなんだ。今《いま》は、おれが店番《みせばん》」

五十嵐先《いがらしせん》パイが静《しず》かな夜《よる》の月《つき》なら、この人《ひと》は真夏《まなつ》の空《そら》に浮《う》かぶ太陽《たいよう》みたい。

こっちまでつられちゃうくらいの明《あか》るさで、その表情《ひょうじょう》はコロコロ変《か》わる。

「一年生《ねんせい》？」

うなずいた。

「じゃ、後輩《こうはい》だ。おれは二年《ねん》のアサギ」

アサギって、名前《なまえ》と苗字《みょうじ》、どっちだろ。まぁいっか。

「えっと、一年《ねん》の藍内陽菜《あいうちひな》です」

「へぇ。ヒナちゃんか。よろしくね」

アサギ先《せん》パイは、カウンターのほうからステップを踏《ふ》むようにこっちにやってきた。

「何《なに》かさがしもの？」

「あ、はい。おせんべい、プレゼントにしたくて」

アサギ先《せん》パイは、人気《にんき》があるものとか、オススメのものとか、たくさんのおせんべいを丁寧《ていねい》に説明《せつめい》してくれた。

あたしはつい、その声《こえ》に聴《き》き入《い》ってしまう。

明《あか》るくてとっつきやすいキャラなのもあるけど、それだけじゃない。

すごく話《はな》すのが上手《じょうず》だ、この人《ひと》。

よく通《とお》る声《こえ》で、滑舌《かつぜつ》がいい。単語《たんご》が聞《き》きとりやすい。

放送部《ほうそうぶ》で色《いろ》んな練習《れんしゅう》をしていくうちに、最近《さいきん》のあたしは人《ひと》の話《はな》し方《かた》を観察《かんさつ》するようになっていた。

五十嵐先《いがらしせん》パイは、静《しず》かでおだやかで、いやされるような心地《ここち》いい話《はな》し方《かた》。

ヒビキくんは、声《こえ》が強《つよ》くてちょっと固《かた》いけど、まじめさが伝《つた》わってくる話《はな》し方《かた》。

そしてアサギ先《せん》パイは、ハキハキしてて元気《げんき》で、こっちまで楽《たの》しくなっちゃう話《はな》し方《かた》。

「それで、誰《だれ》のプレゼント？　おばあちゃんとか、おじいちゃん？」

ここに来《き》た目的《もくてき》がすっかりあとまわしになってた。これだからあたしは！

「いえ、あの、部活《ぶかつ》の先《せん》パイの誕生日《たんじょうび》プレゼントで……」

鶴
あられ
のり巻き
えび
ねぎみそ
甘め
のり

「へえ。何部《なにぶ》？」

「放送部《ほうそうぶ》です」

そうこたえたそのときだった。

アサギ先《せん》パイの笑顔《えがお》がなくなった。

え、と思《おも》った次《つぎ》の瞬間《しゅんかん》にはもうもとの明《あか》るい顔《かお》にもどっていて、あたしは目《め》をまたたく。

見《み》まちがいだったのかな。

「じゃ、これがオススメ」

アサギ先《せん》パイは強引《ごういん》なまでの勢《いきお》いで、そのおせんべいをあたしにさしだした。

ネギみそ味《あじ》。

乾燥《かんそう》したネギが、おせんべいの表面《ひょうめん》にたくさんついてる。

おいしそうだけど、はじめてのプレゼントがおせんべいなうえに、ネギでみそって……。

ネギはのどにいいとか、そういうの、あるのかな。

迷《まよ》ってるあたしの顔《かお》を、アサギ先《せん》パイがのぞきこんできた。

「どう？　味見《あじみ》してみる？」

ネギみそせんべいを買《か》って、あたしは大満足《だいまんぞく》でお店《みせ》をでた。

味見《あじみ》させてもらったネギみそせんべい、ものすごくおいしかった。今度《こんど》、自分《じぶん》の分《ぶん》も買《か》いにこよう。

五十嵐《いがらし》先《せん》パイもよろこんでくれたらいいな。

お店《みせ》の外《そと》まで見送《みおく》ってくれたアサギ先《せん》パイに頭《あたま》をさげる。

「ありがとうございました。おかげでいいプレゼントが見《み》つかりました！」

「どういたしまして」

ふいにアサギ先《せん》パイは少《すこ》し迷《まよ》うような顔《かお》になって、こんなことを聞《き》いてきた。

「あのさ。おれの名前《なまえ》、聞《き》いたことない？」

あたしが首《くび》をかしげると、アサギ先《せん》パイはその大《おお》きな手《て》をふって笑顔《えがお》にもどる。

「ごめん、なんでもない。――今後《こんご》もごひいきに！」

もう一度《いちど》アサギ先《せん》パイにお礼《れい》を言《い》って、あたしは帰《かえ》り道《みち》をいそいだ。すでに外《そと》は暗《くら》くなりかけてる。

もしかして、アサギ先《せん》パイって学校《がっこう》で有名《ゆうめい》な人《ひと》なのかな。

今度《こんど》、知花《ちか》に聞《き》いてみよう。

☆

そうして週《しゅう》が明《あ》けて、五十嵐《いがらし》先《せん》パイの誕生日当日《たんじょうびとうじつ》になった。

放課後《ほうかご》の放送室《ほうそうしつ》で、あたしは心臓《しんぞう》をバクバクさせて、ヒビキくんにつつかれながらプレゼントをわたした。

「お誕生日《たんじょうび》、おめでとうございます。あたしとヒビキくんからです！」

中身《なかみ》がネギみそせんべいとは思《おも》えないくらい、ラッピングはがんばった。ブルーのリボンはふんわりクルクルで、水色《みずいろ》のふくろはかわいいレース柄《がら》。

五十嵐先《いがらしせん》パイはおどろいたような顔《かお》をしたけれど、しっかりと受《う》けとってくれた。

「ありがとう。なか、見《み》てもいいかな？」

その声《こえ》がいつにもましてやさしくて、耳《みみ》まで熱《あつ》くなる。

リボンの色《いろ》だけで三時間《じかん》も迷《まよ》ったかいがあった！

するするとリボンをほどいた先《せん》パイは、なかを見《み》てその目《め》をわずかに見《み》ひらく。

「……おどろいた」

そんなつぶやきに、やっぱりおせんべいはなかったのかも、って一瞬《いっしゅん》不安《ふあん》になったけど。

「ここのおせんべい、好《す》きなんだ。とくにこの、」

「ネギみそ、ですか？」

「そう、ネギみそ」

いつもどおりの口調《くちょう》だったけど、心《こころ》なしかその顔《かお》は明《あか》るく見《み》える。先《せん》パイはふくろの中《なか》身《み》を確認《かくにん》するみたいに何度《なんど》も見《み》ていた。

先《せん》パイのこんな顔《かお》を見《み》られただけで、あたしはもう大満足《だいまんぞく》。
鶴谷堂《つるたにどう》のアサギ先《せん》パイに今度《こんど》会《あ》ったら、お礼《れい》を言《い》わなくちゃ。

6 おたよりコーナー

その日《ひ》のお昼休《ひるやす》み。知花《ちか》の手伝《てつだ》いで、あたしは学校新聞《がっこうしんぶん》を廊下《ろうか》の掲示板《けいじばん》にはっていた。

画《が》びょうをプスプス刺《さ》しながら、放送部《ほうそうぶ》でお昼《ひる》の放送《ほうそう》を考《かんが》えてるって話《はなし》を知花《ちか》にすると、こう聞《き》かれた。

「おたよりコーナーはやらないの？　前《まえ》は、お昼《ひる》の放送《ほうそう》でおたよりコーナーが人気《にんき》だったらしいけど」

そういうことだったのか！　って思《おも》ったひょうしに、手《て》のなかの画《が》びょうがバラバラ足《あし》もとにおちちゃってあわててひろう。

ずっと気《き》になっていた放送室《ほうそうしつ》のドアの横《よこ》にあるポスト、あれっておたよりを入《い》れるためのものだったんだ。わかっててちょっとスッキリ。

はりおわったばかりの学校新聞《がっこうしんぶん》に目《め》をもどす。今週号《こんしゅうごう》の特集《とくしゅう》は、「新入生入学《しんにゅうせいにゅうがく》おめでとう」と「部活動《ぶかつどう》の今年《ことし》の抱負《ほうふ》」。

そういえば、五十嵐《いがらし》先《せん》パイが放送室《ほうそうしつ》で学校新聞《がっこうしんぶん》むけの原稿《げんこう》を書《か》いていた、ような気《き》がする。

遠視《えんし》だという先《せん》パイは、文字《もじ》を書《か》くときだけメガネをかける。そのメガネがこれまたカッコよくて、何《なに》を書《か》いていたのかまで気《き》にする余裕《よゆう》はなかった。

「部活動《ぶかつどう》の今年《ことし》の抱負《ほうふ》」を読《よ》んでいって、放送部《ほうそうぶ》の欄《らん》を発見《はっけん》。

『お昼《ひる》の放送《ほうそう》の復活《ふっかつ》！』

体《からだ》の奥《おく》がぞわぞわってする。

最初《さいしょ》は、五十嵐《いがらし》先《せん》パイのためにお昼《ひる》の放送《ほうそう》を復活《ふっかつ》させたいって思《おも》ってた。

でも今《いま》は、あたし自身《じしん》もお昼《ひる》の放送《ほうそう》をやりたいって思《おも》ってる。

人《ひと》さし指《ゆび》で『お昼《ひる》の放送《ほうそう》の復活《ふっかつ》！』という文字《もじ》をなぞっていって。

「あれ？」

すぐ下《した》に部員《ぶいん》の数《かず》が書《か》いてあって、「4」になっていた。

いつもどおり、ランニングをしてから放送室《ほうそうしつ》にむかった。

今日《きょう》もお昼《ひる》の放送会議《ほうそうかいぎ》、なんだけど。

会議《かいぎ》がはじまる前《まえ》に、気《き》になってた部員数《ぶいんすう》のナゾを聞《き》いてみた。

「部員《ぶいん》は四人《よにん》だよ」

五十嵐先《いがらしせん》パイがなんでもないように言《い》うので、あたしは思《おも》わず指《ゆび》を折《お》る。

五十嵐先《いがらしせん》パイ、あたし、ヒビキくん。

1と2の次《つぎ》はもしかして4？　3はどこ？

「二年生《ねんせい》が二人《ふたり》。一人《ひとり》は幽霊部員《ゆうれいぶいん》」

あたしののどの奥《おく》からヘンな声《こえ》がでた。

「二年生《ねんせい》って、五十嵐先《いがらしせん》パイだけじゃなかったんですか⁉」

「まぁ……」

クールな顔《かお》は変《か》わらずだけど、めずらしく五十嵐先《いがらしせん》パイの歯《は》ぎれが悪《わる》い。

「実質《じっしつ》、ぼくだけみたいなものだし。幽霊《ゆうれい》は見《み》えないだろ」

思《おも》わずヒビキくんをふりかえったけど、おれも知《し》らなかった、と言《い》いたげに首《くび》をふられた。

知《し》らなかったのがあたしだけじゃなくてホッとはしたけど、ちょっとさびしい気《き》もしてくる。

教《おし》えてほしかった、かも。

きっとその幽霊部員《ゆうれいぶいん》さんは、先《せん》パイが前《まえ》に「逃《に》げた」って言《い》ってた人《ひと》なんだろう。とっくに退部《たいぶ》しちゃったのかと思《おも》ってた。

「その人《ひと》、もう練習《れんしゅう》には参加《さんか》しないんですか？」

五十嵐《いがらし》先《せん》パイはこっちに背中《せなか》をむけたままこたえる。

「逃《に》げたヤツのことなんて知《し》らないし。退部届《たいぶとどけ》をださないのが不思議《ふしぎ》なくらいなんだよ」

そのきっぱりした口調《くちょう》に、話《はなし》はこれまでって言《い》われた気《き》がした。

☆

お昼《ひる》の放送《ほうそう》は、五月《がつ》の中旬《ちゅうじゅん》から再開《さいかい》することになった。

カレンダーを見《み》るとあと三週間《しゅうかん》はあるけど、ゴールデンウィークをはさむから感覚的《かんかくてき》にはすごく短《みじか》い。緊張《きんちょう》がじわじわ体《からだ》をあがってくる。

音楽《おんがく》コーナー、部活《ぶかつ》の紹介《しょうかい》や活躍《かつやく》した人《ひと》のインタビュー、なんでもランキングなどなど、お昼《ひる》の放送《ほうそう》の企画案《きかくあん》はたくさんでていた。

そのなかから、すでに候補《こうほ》はいくつかにしぼってて、顧問《こもん》の景山先生《かげやませんせい》に報告《ほうこく》してある。今《いま》のところ問題《もんだい》なさそうっていう話《はなし》にもなっていた。

だから、今《いま》さらかもしれない。

五十嵐先《いがらしせん》パイも、去年《きょねん》までの放送《ほうそう》にこだわる必要《ひつよう》はない、って言《い》ってた。

でも。

「前《まえ》にやってたっていう、おたよりコーナーはやらないんですか？」

放送室《ほうそうしつ》の前《まえ》にある、空《から》っぽのポスト。やっぱり気《き》になる。

「音楽《おんがく》のリクエストみたいに、聞《き》いてる人《ひと》も参加《さんか》できるのっていいなって思《おも》ったんです。

だから、おたよりコーナーもやってみたいなって」

余計《よけい》なことを言《い》った気《き》がして、最後《さいご》のほうは声《こえ》がしぼんだ。

ヒビキくんは何《なに》も言《い》わず、五十嵐《いがらし》先《せん》パイを見《み》る。

あたしたちの視線《しせん》を受《う》けて、先《せん》パイは深々《ふかぶか》と息《いき》をはいた。

「ちょっと待《ま》ってて」

そう言《い》ってガラスのむこうの機材室《きざいしつ》に行《い》くと、奥《おく》から小《ちい》さな段《だん》ボール箱《ばこ》を二《ふた》つ取《と》ってきて会議《かいぎ》をやっていたスタジオの長机《ながづくえ》にのせた。

「これが、お昼《ひる》の放送《ほうそう》をやっていたころにとどいたおたより」

二《ふた》つの箱《はこ》のフタには、それぞれマジックで「○」と「×」が書《か》かれていた。

「『○』は実際《じっさい》にお昼《ひる》の放送《ほうそう》で読《よ》んだもの。『×』は読《よ》まなかったもの」

ヒビキくんと目配《めくば》せしあって、「○」の箱《はこ》をあけた。

『迷子《まいご》になっていた犬《いぬ》のコロがもどってきました』

『このおたよりが読《よ》まれたら、ケンカしてた友《とも》だちにあやまります！』

『駅前《えきまえ》のラーメン屋《や》で、メガ盛《も》りチャレンジに成功《せいこう》！　挑戦者求《ちょうせんしゃもと》む！』

話題《わだい》は色々《いろいろ》で、読《よ》んでいておもしろかった。

ちょっとした話《はなし》だけど、誰《だれ》かに言《い》いたい、そんな気《き》持《も》ちはよくわかる。

次《つぎ》に、「×」の箱《はこ》をあけた。

少《すこ》し読《よ》んで、あ、と声《こえ》をもらす。「×」の理《り》由《ゆう》がすぐにわかった。

誰《だれ》かの悪口《わるぐち》や文句《もんく》だった。

書《か》いた人《ひと》の名前《なまえ》はないし、そもそも読《よ》まれるつもりで書《か》いてないんだろう。

読《よ》んでて気《き》持《も》ちのいいものじゃないし気《き》が進《すす》まないけど、「×」の箱《はこ》を見《み》ていく。なかには、どうして読《よ》まれなかったのか、すぐにわからないものもあった。

「これは、なんで『×』だったんですか？」

インフルエンザがはやってるけど自《じ》分《ぶん》はかからなかった、っていう一見《いっけん》すると日記《にっき》みたいな内容《ないよう》なのに。

ここ、と五十嵐《いがらし》先《せん》パイがとある一文《いちぶん》を指《ゆび》さす。

『学級閉鎖《がっきゅうへいさ》になってラッキー』とあった。

「インフルエンザのせいで、部活《ぶかつ》の試合《しあい》にでられなかった人《ひと》がいたんだ。そういう人《ひと》が聞《き》いたら、イヤな気分《きぶん》にならない？」

インフルエンザにかかったのが、もしあたしだったら。

お昼《ひる》の放送《ほうそう》にむけてがんばってきたのに体調《たいちょう》が悪《わる》くなって、でもそれをラッキーだって言《い》う人《ひと》がいたら。

はらが立《た》つし、悲《かな》しい、きっと。

二《ふた》つの箱《はこ》にわけられたおたよりの山《やま》が、とっても重《おも》たく思《おも》える。

楽《たの》しい放送《ほうそう》ができたらいいなって単純《たんじゅん》に思《おも》ってた。

でも、放送《ほうそう》するっていうことは、聞《き》いてる誰《だれ》かに言葉《ことば》をとどけるっていうことだ。

その言葉《ことば》を受《う》けとめる、知《し》らない誰《だれ》かのことも考《かんが》えなくちゃいけない。

あたしが上手《じょうず》に読《よ》めるか読《よ》めないか、それは小《ちい》さなことだったのかも。

大事《だいじ》なのは、何《なに》をとどけるか。

少《すこ》し暗《くら》くなった空気《くうき》を変《か》えるように、五十嵐《いがらし》先《せん》パイは声《こえ》をやわらかくした。

「でも、思《おも》いのこもった言葉《ことば》はうれしいよね」

女子《じょし》がキラいだって言《い》ったヒビキくんを思《おも》いだす。

言葉《ことば》は人《ひと》を傷《きず》つけることもある。

でも、それと同《おな》じくらい、背中《せなか》をおしてくれることもある。

「あたし、五十嵐先《いがらしせん》パイに『できる』って言《い》ってもらったの、うれしかったです」

新入生代表《しんにゅうせいだいひょう》あいさつのときも。

放送部《ほうそうぶ》に誘《さそ》ってくれたときも。

全然読《ぜんぜんよ》めなくてヘコんだときも。

いつだって、できるって言《い》ってくれたのは五十嵐先《いがらしせん》パイだ。

あたしは先《せん》パイの言葉《ことば》に、たくさんはげましてもらった。

ふと先《せん》パイと目《め》があって、とたんに湯気《ゆげ》がでそうなくらい顔《かお》が熱《あつ》くなってしまう。

……あたしってば、思《おも》いきったこと言《い》っちゃったかも。

「そうだね」

そうつぶやいた先《せん》パイの目《め》は、あたしを通《とお》り越《こ》して遠《とお》くの何《なに》かを見《み》ているみたいだった。

「自分《じぶん》の言葉《ことば》が誰《だれ》かのためになったら、うれしいよね」

その言葉《ことば》に、赤《あか》くなった顔《かお》をかくすみたいにあたしはうなずいた。

ヒビキくんがヘッドフォンを首《くび》からはずして口《くち》をひらく。

「むずかしいかもしれないけど、そういうほうが、やりがい、ある気《き》がする」

その言葉《ことば》にもハッとする。むずかしそうだから、できなそうだからって、やってもないのに逃《に》げたくない。

それに、もしあたしがとどける言葉《ことば》が、誰《だれ》かのためになるかもしれないなら、それって、すごくうれしいことだ。

五十嵐先《いがらしせん》パイがうなずいた。

「二人《ふたり》がやってみたいって思《おも》うなら。おたよりコーナー、やってみようか」

☆

次《つぎ》の日《ひ》の朝《あさ》、教室《きょうしつ》についてすぐに知花《ちか》にお礼《れい》を言《い》った。

「おたよりコーナーのこと、教《おし》えてくれてありがとう」

昨日《きのう》の会議《かいぎ》は、おたよりコーナーを復活《ふっかつ》させようって話《はなし》でまとまった。

「お昼《ひる》の放送《ほうそう》、いつ再開《さいかい》するか決《き》まってるんだよね？」

「うん、五月中旬《がっちゅうじゅん》だよ」

「じゃ、学校新聞《がっこうしんぶん》でおたより募集《ぼしゅう》の案内《あんない》だしてみる？」

「そんなことできるの？」

「多分《たぶん》。今思《いまおも》いついたから、先《せん》パイに聞《き》いてみないとだけど」

さすが知花《ちか》！

「今《いま》からだったら、ゴールデンウィーク明《あ》けの号《ごう》に間《ま》にあうと思《おも》うよ」

「ありがとー！」

あたしは知花《ちか》に抱《だ》きついた。

いよいよ、お昼《ひる》の放送《ほうそう》が復活《ふっかつ》するんだ。

その日《ひ》が近《ちか》づいてくる緊張《きんちょう》と興奮《こうふん》と、ちょびっとの不安《ふあん》で頭《あたま》のてっぺんまでしびれてく。

学校新聞《がっこうしんぶん》のこと、放課後《ほうかご》に五十嵐《いがらし》先《せん》パイに報告《ほうこく》しなくちゃ。

たまにはあたしも役《やく》に立《た》つじゃないか。

7 もうすぐ再開《さいかい》……だったのに

五月《がつ》になった。ゴールデンウィークも明《あ》けて、数日《すうじつ》ぶりの登校日《とうこうび》。

昇降口《しょうこうぐち》を抜《ぬ》けてすぐの廊下《ろうか》にある大《おお》きな掲示板《けいじばん》の前《まえ》に、見覚《みおぼ》えのある男子生徒《だんしせいと》がいた。

「アサギ先《せん》パイ！」

思《おも》わず声《こえ》をかけてかけ寄《よ》る。おせんべいの鶴谷堂《つるたにどう》で店番《みせばん》をしていた、アサギ先《せん》パイだ。

あたしに気《き》がつくと、先《せん》パイは「おはよう」と明《あか》るくあいさつしてくれた。あたしもあわててあいさつをかえす。

と、先《せん》パイの胸《むな》もとの名札《なふだ》に目《め》がいった。

「アサギ先《せん》パイ、苗字《みょうじ》はおせんべい屋《や》さんと同《おな》じ『鶴谷《つるたに》』なんですね」

「そう。鶴谷浅黄《つるたにあさぎ》」

鶴谷先《つるたにせん》パイって呼《よ》んだほうがいいのかなって一瞬思《いっしゅんおも》ったけど、今《いま》さらだよね。

それから、アサギ先《せん》パイに会《あ》ったら言《い》おうと思《おも》っていたことを思《おも》いだす。

「この間《あいだ》、おせんべいを選《えら》んでいただいてありがとうございました」

「どういたしまして」

先《せん》パイはにっこりしてから掲示板《けいじばん》に目《め》をもどす。にこやかだったその顔《かお》が、ほんの少《すこ》し、まじめなものに変《か》わった気《き》がした。

掲示板《けいじばん》には、学校新聞《がっこうしんぶん》の最新号《さいしんごう》がはられている。

「放送部《ほうそうぶ》のお昼《ひる》の放送《ほうそう》、再開《さいかい》するんだね」

アサギ先《せん》パイの突然《とつぜん》の言葉《ことば》に、あたしも学校新聞《がっこうしんぶん》を見《み》た。

『放送部《ほうそうぶ》のお昼《ひる》の放送《ほうそう》がついに再開《さいかい》！』

さっそく知花《ちか》がのせてくれたんだ。

その記事《きじ》は学校新聞《がっこうしんぶん》の下《した》のほうにあり、最後《さいご》は『放送部《ほうそうぶ》はおたよりを募集《ぼしゅう》しています』とまとめられていた。

「色々《いろいろ》がんばってるんだね」

アサギ先《せん》パイの言葉《ことば》にうなずく。

「みんなで会議《かいぎ》とかしてるんですよ。――あ、アサギ先《せん》パイも、よかったら、おたより書《か》いてくださいね」

「りょーかい」

明《あか》るくこたえてアサギ先《せん》パイは去《さ》っていった。

あたしは学校新聞《がっこうしんぶん》にむきなおって、その記事《きじ》をまじまじと見《み》つめる。

背中《せなか》がピンとするくらい緊張《きんちょう》してきた。

でも同《おな》じくらい、わくわくもしてる。

こうやって、学校中《がっこうじゅう》の人《ひと》にお昼《ひる》の放送《ほうそう》のことがひろまっていくんだ。

……幽霊部員《ゆうれいぶいん》さんは、どう思《おも》うのかな。

お昼《ひる》の放送《ほうそう》のことを知《し》ったら、またやりたいって思《おも》わないのかな。

顔《かお》も知《し》らない幽霊部員《ゆうれいぶいん》さんのことを考《かんが》えて、五十嵐先《いがらしせん》パイのことを思《おも》いだして、わくわくの裏側《うらがわ》でちょっと切《せつ》なくなった。

☆

放課後《ほうかご》になって、今日《きょう》は放送部《ほうそうぶ》の活動日《かつどうび》。

いつもどおり、ランニングと筋《きん》トレをこなしたあと、腹式呼吸《ふくしきこきゅう》を意識《いしき》しながらの発声練習《はっせいれんしゅう》に入《はい》った。

腹式呼吸《ふくしきこきゅう》っていうのは、おなかを使《つか》って息《いき》を吸《す》ったりはいたりする方法《ほうほう》のこと。ふだんは胸《むね》を使《つか》って呼吸《こきゅう》してるけど、おなかで呼吸《こきゅう》をすると深《ふか》くていい声《こえ》がでるんだって。

肩《かた》の力《ちから》を抜《ぬ》いて、頭《あたま》のてっぺんを見《み》えない糸《いと》でつりあげられてるような気持《きも》ちでまっすぐに立《た》って、深《ふか》く息《いき》を吸《す》う。

「もう少《すこ》し、顔《かお》、あげてみたら？」

五十嵐先《いがらしせん》パイにアドバイスされて、あわてて顔《かお》をあげた。

ついつい下《した》をむいちゃいがちなんだ、あたしは。

最近《さいきん》は、意識《いしき》すればゆっくり丁寧《ていねい》に話《はな》せるようになってきた。けど、あたしのドジがなおったわけじゃない。

「自信《じしん》がないのが姿勢《しせい》にもでちゃってますね」

へへっと笑《わら》ったら、「そんなことないのに」と先《せん》パイが目《め》をまたたく。

「ヒナさんは前《まえ》よりずっと、話《はな》すのうまくなってるよ」

なんでもない風《ふう》にそんなことを言《い》ってくれるので、顔《かお》が赤《あか》くなった気《き》がして結局《けっきょく》また下《した》をむいてしまった。

お昼《ひる》の放送《ほうそう》でも、ちゃんとしゃべれたらいいなって切実《せつじつ》に思《おも》う。

そしてあわよくば、よくできたねって五十嵐《いがらし》先《せん》パイにほめられたい。

あたしのことを誘《さそ》ってよかったって思《おも》ってもらいたい。

「どうかした？」

ふいに先《せん》パイに顔《かお》をのぞきこまれて心臓《しんぞう》がとまるかと思《おも》った。

「ななななんでもないですっ！」

ドギマギしてると、しまいにはクスッと笑《わら》われてしまう。

「ヒナさんはすぐ顔《かお》にでるから」

そういう先《せん》パイは、ほとんど顔《かお》にでない。

最近《さいきん》でこそちょっとした表情《ひょうじょう》の変化《へんか》がわかるようになったけど、きっとそれも先《せん》パイが思《おも》ってることの数《すう》パーセントでしかないのかなって思《おも》う。

思《おも》ったことを全部顔《ぜんぶかお》にだして、おまけに口《くち》にもだしちゃうヒビキくんはわかりやすいのに。

とはいえ、五十嵐先《いがらしせん》パイがヒビキくんみたいになっちゃったら、それは五十嵐先《いがらしせん》パイじゃないしイヤだけど。

先《せん》パイの横顔《よこがお》をこっそり見《み》つめて、もどかしさにジタバタしたくなる。

幽霊部員《ゆうれいぶいん》さんのこととか、一人《ひとり》で部《ぶ》を守《まも》ってきたこととか、先《せん》パイのことをもっと知《し》りたかった。

でもでもでも、「教《おし》えてください！」なんていきなり言《い》えないし。

そもそも、あたしなんて五十嵐先《いがらしせん》パイにとっては自分《じぶん》のことを話《はな》すまでもないへっぽこなのかもって気《き》もする。

先《せん》パイがあたしを誘《さそ》ってくれたのは、あたしができなかったから。できなかったころの自分《じぶん》と重《かさ》ねたから。

今《いま》のままのあたしじゃ、先《せん》パイはきっと何《なに》も話《はな》してくれない。ちゃんと放送《ほうそう》ができて、一人前《いちにんまえ》だって認《みと》めてもらえるようにならなきゃダメ。

顔《かお》をあげて、背《せ》すじをのばして、大《おお》きくおなかから息《いき》を吸《す》う。

最初《さいしょ》は、がんばれるようになった自分《じぶん》がうれしかった。

でも今《いま》は、それだけじゃ満足《まんぞく》できない。がんばって、できるようになりたい。その先《さき》を目指《めざ》したい。

腹式呼吸《ふくしきこきゅう》の練習《れんしゅう》がおわって、もう何回目《なんかいめ》かわからない、お昼《ひる》の放送会議《ほうそうかいぎ》をはじめようとしていたときだった。

突然《とつぜん》、放送室《ほうそうしつ》のドアがひらいた。

「景山先生《かげやませんせい》？」

あたしのクラス担任《たんにん》で、放送部《ほうそうぶ》の顧問《こもん》でもある景山先生《かげやませんせい》だった。教室《きょうしつ》では見《み》なれてるけど、放送室《ほうそうしつ》で見《み》るのははじめてだ。

おなじみのむらさき色《いろ》のジャージを着《き》た景山先生《かげやませんせい》は、なんだか表情《ひょうじょう》が強《こわ》ばってた。こわい先生《せんせい》ってイメージじゃなかったのに。ちょっとおどろいて固《かた》まってしまう。

もしゃっとした頭《あたま》をかきながら放送室《ほうそうしつ》をぐるっと見《み》て、景山先生《かげやませんせい》はその目《め》を五十嵐先《いがらしせん》パイでとめた。

「何《なに》かご用《よう》ですか？」

いつもと変《か》わらない淡々《たんたん》とした口調《くちょう》で聞《き》いた先《せん》パイに、景山先生《かげやませんせい》はため息《いき》でかえす。

「忘《わす》れたのか？　お昼《ひる》の放送《ほうそう》の約束《やくそく》」

約束《やくそく》、という単語《たんご》で思《おも》いだす。

『まずは、自分《じぶん》たちで考《かんが》えたものを報告《ほうこく》するっていうのが約束《やくそく》の一《ひと》つなんだ』

いつだったか、五十嵐先《いがらしせん》パイはそんなことを言《い》っていた。

お昼《ひる》の放送《ほうそう》を再開《さいかい》させるのに、五十嵐先《いがらしせん》パイは景山先生《かげやませんせい》といくつかの約束《やくそく》をしているらしい、っていうのはあたしも知《し》ってたけど。

何《なに》もこたえない五十嵐先《いがらしせん》パイに、景山先生《かげやませんせい》は苦々《にがにが》しげにつづける。

「おたよりコーナーはやらないって約束《やくそく》だっただろ」

8 知《し》らなかった約束《やくそく》

「職員会議《しょくいんかいぎ》でも問題《もんだい》になってる」

怒《おこ》るでもなく、ただ状況《じょうきょう》を説明《せつめい》している、といった口調《くちょう》で景山先生《かげやませんせい》はつづけた。

とても口《くち》をはさめる雰囲気《ふんいき》じゃない。

「とりあえず、お昼《ひる》の放送《ほうそう》の再開《さいかい》はいったん保留《ほりゅう》になったから」

保留《ほりゅう》、という言葉《ことば》に息《いき》をのんだ。

再開《さいかい》がなくなっちゃうってこと？

景山先生《かげやませんせい》に目《め》をむけられても、五十嵐先《いがらしせん》パイは口《くち》を閉《と》ざしたままだった。

「また今度話《こんどはな》そう」

景山先生《かげやませんせい》はいそがしいのか、言《い》うだけ言《い》うと放送室《ほうそうしつ》からでていった。

放送室《ほうそうしつ》に残《のこ》されたあたしたちに、重《おも》たい沈黙《ちんもく》がのしかかる。

「……なんでバレたんだろ」

先《せん》パイは首《くび》をかしげた。ショックを受《う》けてるあたしがバカみたいに思《おも》えるほど、その口《く》調《ちょう》はいつもどおりで、むしろあっけらかんとしている。

一方《いっぽう》で、不機嫌《ふきげん》さをかくそうともしないのはヒビキくんだ。

「おたよりコーナー、先生《せんせい》にダメだって言《い》われてたってこと？」

「そうなんだよね」

さらっとこたえる先《せん》パイは、やっぱり何《なに》を考《かんが》えてるのかわからない。

「だからだまってたんだけど、なんでバレたのか不思議《ふしぎ》で……」

あ、と声《こえ》をあげたあたしに二人《ふたり》の目《め》がむいた。

「学校新聞《がっこうしんぶん》！」

しくじった。あたしのせいだ。

学校新聞《がっこうしんぶん》におたよりコーナーの記事《きじ》をのせてもらうこと、先《せん》パイに伝《つた》えるの、すっかり忘《わす》れてた！

あやまりながら学校新聞《がっこうしんぶん》のことを話《はな》すと、ヒビキくんは顔《かお》を赤《あか》くしてだまりこみ、けど五十嵐先《いがらしせん》パイはとくに顔色《かおいろ》も変《か》えずにうなずいただけだった。

「それはしょうがないよ」

「しょ……しょうがなくなんかないですよ！」

約束《やくそく》のことを知《し》ってたら、さすがのあたしだって知花《ちか》には頼《たの》まなかった。

「あたしが余計《よけい》なことしたから……」

お昼《ひる》の放送《ほうそう》が盛《も》りあがったらいいなって先走《さきばし》ったのが裏目《うらめ》にでた。

みんなでここまでがんばってきたのに。今《いま》までと同《おな》じ、またあたしがやらかしちゃうなんて……。

「ヒナは悪《わる》くないだろ」

思《おも》いもかけず、強《つよ》い口調《くちょう》で断言《だんげん》したのはヒビキくんだった。

さっきから顔《かお》を赤《あか》くしてたし、絶対《ぜったい》あたしに怒《おこ》ってるんだって思《おも》ってた。でも、ヒビキくんがにらんだのは五十嵐先《いがらしせん》パイだった。

「なんでおれらに教《おし》えなかったんだよ、約束《やくそく》のこと！」

そう声《こえ》を荒《あら》らげると、ヒビキくんは荷物《にもつ》をひっつかんで放送室《ほうそうしつ》をでていってしまった。

今日《きょう》二回目《かいめ》の沈黙《ちんもく》がおちてくる。

閉《し》められた放送室《ほうそうしつ》のドアを見《み》つめて、先《せん》パイは静《しず》かにため息《いき》をついただけだった。

五十嵐《いがらし》先《せん》パイは今《いま》、何《なに》を思《おも》ってるんだろう。

放送部《ほうそうぶ》のことを――先《せん》パイのことを、やっぱりあたしはなんにもわかってない。

機材室《きざいしつ》とスタジオをへだてる防音《ぼうおん》ガラスに、あたしと先《せん》パイの姿《すがた》が映《うつ》ってた。

二人《ふたり》きりなのに、すぐそばにいるはずなのになんだか遠《とお》くて、二人《ふたり》の間《あいだ》に見《み》えないガラスの壁《かべ》があるみたいだった。

☆

ヒビキくんもいなくなっちゃったし、お昼《ひる》の放送《ほうそう》も保留《ほりゅう》になって会議《かいぎ》どころじゃないし、今日《きょう》の部活《ぶかつ》は流《なが》れ解散《かいさん》になった。

五十嵐先《いがらしせん》パイが見《み》た目《め》にはいつもどおりでも、気《き》まずいものは気《き》まずい。あたしは一人《ひとり》で学校《がっこう》をでた。

空《そら》は灰色《はいいろ》の雲《くも》でおおわれ、空気《くうき》がじめじめしていて重《おも》たかった。雨《あめ》がふるのかも。あたしの鼻《はな》の奥《おく》までしめっぽくて、こらえきれずずびっとしてしまう。

ヒビキくんみたいに、あたしも何《なに》か言《い》えばよかったのかな。

学校新聞《がっこうしんぶん》にのせてもらったのは、やっぱり勝手《かって》なことだったかもしれない。

でも、約束《やくそく》のこと、やっぱり教《おし》えてほしかった。

幽霊部員《ゆうれいぶいん》さんが放送部《ほうそうぶ》に来《こ》なくなって、五十嵐先《いがらしせん》パイはずっと一人《ひとり》だった。だけど今《いま》は、あたしとヒビキくんがいるって、仲間《なかま》がいるって思《おも》ってくれてると信《しん》じてたのに。

怒鳴《どな》ったヒビキくんの気持《きも》ちが、あたしには痛《いた》いほどよくわかる。

悲《かな》しい。

校門《こうもん》をでたあたりで、こらえきれなくなったようにポツポツと雨《あま》つぶがおちてきた。しかも、ポツポツはあっという間《ま》にザーザーぶりに変《か》わってずぶ濡《ぬ》れになる。

走《はし》って帰《かえ》らなきゃ、いや学校《がっこう》にもどって雨宿《あまやど》りしたほうがいいかも、なんてあたふたしてたら、視界《しかい》が急《きゅう》に暗《くら》くなって雨《あめ》がさえぎられた。

「傘《かさ》ないなら、入《はい》ってく?」

傘《かさ》をさしかけてくれているのは、鶴谷堂《つるたにどう》のアサギ先《せん》パイだ。

その明《あか》るい声《こえ》は、しめっぽくなってたあたしには、びっくりするくらい温《あたた》くてしみた。

「……どうかしたの？」

聞《き》かれた瞬間《しゅんかん》、ずっと我慢《がまん》していた涙《なみだ》がこぼれた。


アサギ先《せん》パイは、ぐずぐず泣《な》いていたあたしを鶴谷堂《つるたにどう》につれていってくれた。

お客《きゃく》さんのいないお店《みせ》で椅子《いす》をだしてくれ、タオルを貸《か》してくれたうえに、お茶《ちゃ》とおせんべいまでもらってしまった。ネギみそせんべいはやっぱりおいしい。

「アサギ、女《おんな》の子《こ》泣《な》かしちゃダメだろー」

店《みせ》の奥《おく》から、白《しろ》いかっぽう着姿《ぎすがた》のおじいさんが顔《かお》をだしてケラケラ笑《わら》った。「ちげーよ」ってアサギ先《せん》パイは唇《くちびる》をとがらせる。

「あれ、おれのじーちゃんだから気《き》にしないで」

「な、なんかごめんなさい」

熱《あつ》いお茶《ちゃ》をひと口《くち》飲《の》んだら、やっとおちついてきた。涙《なみだ》のせいでカピカピしてる目《め》もとを借《か》りたタオルでこする。

アサギ先《せん》パイが半《はん》びらきだった店《みせ》のガラス戸《ど》を閉《し》めると、ザーザーうるさかった雨音《あまおと》が聞《き》こえなくなった。

おじいさんが店《みせ》の奥《おく》にひっこみ、先《せん》パイは入口《いりぐち》の戸《と》にもたれかかる。

「少《すこ》しゆっくりしてったらいいよ」

お店《みせ》のなかは静《しず》かで、あたしがおせんべいをかむ音《おと》ばかりがひびいちゃってはずかしい。

ネギみそせんべいの残《のこ》りをいそいそと食《た》べて、ごちそうさまでした、と頭《あたま》をさげた。

「あの……あたし、アサギ先《せん》パイにあやまらないといけないことがあって」

「あやまる？」

「『おたより書《か》いてください』なんて言《い》ったのに、お昼《ひる》の放送《ほうそう》、再開《さいかい》できるかわからなくなっちゃって……」

自分《じぶん》から切《き》りだしたくせに、また涙《なみだ》が浮《う》かびそうになってごまかすようにお茶《ちゃ》をすする。

以前《いぜん》のお昼《ひる》の放送《ほうそう》は人気《にんき》があったって知花《ちか》に聞《き》いてたし、再開《さいかい》を楽《たの》しみにしていた人《ひと》だっていたかもしれない。

アサギ先《せん》パイもガッカリしたかも。

「放送部《ほうそうぶ》で何《なに》かあったの？」

ストレートな質問《しつもん》にすぐにこたえられないでいたら、アサギ先《せん》パイはあたしの目《め》の前《まえ》に、左手《ひだりて》の指《ゆび》を三本《ぼん》立《た》てた。

「話《はな》せば、少《すこ》しはすっきりするかもよ？」

「でも――」

「3、2、1……」

アサギ先《せん》パイは指《ゆび》を折《お》りながら、いつかの五十嵐《いがらし》先《せん》パイみたいにカウントダウンをはじめてせかしてくる。

こういう風《ふう》にされたら言《い》わなきゃダメかも、なんて思《おも》っていたら。

「キュー」

思《おも》いもかけなかった言葉《ことば》に目《め》を見《み》ひらいた。

そんなあたしの反応《はんのう》におどろいたのか、アサギ先《せん》パイも目《め》をパチパチする。

「どうかしたの？」

「『キュー』って……」

あぁ、とアサギ先《せん》パイは笑《わら》った。

「『ゼロ』じゃなくて『キュー』だと、それっぽいかなって」

それっぽいって、何《なに》がそれっぽいの？

わからない。わからないけど、でも一《ひと》つだけわかった。

アサギ先《せん》パイと五十嵐《いがらし》先《せん》パイは、二人《ふたり》とも『ゼロ』じゃなくて『キュー』を使《つか》う。

急《きゅう》に心臓《しんぞう》がドキドキしてきた。何《なに》かがわかるかもしれないって予感《よかん》がする。

「お昼《ひる》の放送《ほうそう》のことで――」

あたしは、アサギ先《せん》パイに今日《きょう》あったことを話《はな》した。

お昼《ひる》の放送《ほうそう》の再開《さいかい》が保留《ほりゅう》になってしまったこと、五十嵐《いがらし》先《せん》パイと景山先生《かげやませんせい》の約束《やくそく》のこと、

それをあたしは知《し》らされていなかったこと。

アサギ先《せん》パイは真剣《しんけん》に話《はなし》を聞《き》いてくれた。それから、ポツリとつぶやくように言《い》う。

「……あいつ、あんまり思《おも》ってること言《い》わないタイプだから」

『あいつ』って言《い》い方《かた》には、親《した》しみがこめられているように感《かん》じた。

「アサギ先《せん》パイ、もしかして五十嵐《いがらし》先《せん》パイと仲《なか》いいんですか？」

アサギ先《せん》パイは、あたしがはじめてこのお店《みせ》に来《き》たとき、『放送部《ほうそうぶ》の先《せん》パイ』というのが五十嵐《いがらし》先《せん》パイのことだってわかってたのかも。

だから五十嵐《いがらし》先《せん》パイの好《す》きなネギみそせんべいを選《えら》んでくれた、そういうこと？

でもそれなら、二人《ふたり》が『キュー』を使《つか》うのも納得《なっとく》できる。

「まぁ……」

アサギ先《せん》パイの答《こた》えはなんだかはっきりしなかったけど、あたしは思《おも》わず身《み》を乗《の》りだした。

アサギ先《せん》パイが五十嵐《いがらし》先《せん》パイのことを知《し》っているなら、教《おし》えてほしい。

なんでもいいから、五十嵐《いがらし》先《せん》パイのことを知《し》りたい。

まっすぐに見《み》つめるあたしに、アサギ先《せん》パイは「ちょっと言《い》いにくいんだけど」と話《はな》しだした。

「おれも、放送部員《ほうそうぶいん》なんだよね」

鶴谷

9 もう一人《ひとり》の部員《ぶいん》

「おれも、放送部員《ほうそうぶいん》なんだよね」

その言葉《ことば》を理解《りかい》するのに、たっぷり十秒《びょう》はかかったと思《おも》う。

放送部員《ほうそうぶいん》……って、それってつまり？

アサギ先《せん》パイが、放送部《ほうそうぶ》の幽霊部員《ゆうれいぶいん》さん⁉

おどろきすぎて口《くち》をパクパクしていたら、「ごめんね」とあやまられた。

「ヒナちゃんのこと、だましてたわけじゃないんだけど」

この人《ひと》が、五十嵐先《いがらしせん》パイを放送部《ほうそうぶ》に誘《さそ》った人《ひと》。

話《はな》すのが好《す》きで、トークがおもしろくて人気《にんき》があった人《ひと》。

なのに、五十嵐先《いがらしせん》パイを残《のこ》して放送部《ほうそうぶ》に来《こ》なくなった人《ひと》。

色《いろ》んなことで頭《あたま》がいっぱいになっちゃって何《なに》も言《い》えなくて、結局《けっきょく》アサギ先《せん》パイをぼう然《ぜん》と見《み》つめることしかできない。

もう一度《いちど》「ごめんね」とくりかえしてから、アサギ先《せん》パイはさらにつづけた。

「そもそも、お昼《ひる》の放送《ほうそう》がなくなったの、おれのせいなんだ」

去年《きょねん》の冬《ふゆ》、二学期《がっき》のおわりのことだったそうだ。

「クラスで仲《なか》がいいヤツがいたんだけど、そいつがバレー部《ぶ》でさ。一部《いちぶ》の部員《ぶいん》が他校《たこう》ともめたせいで活動停止《かつどうていし》になったって、すげー怒《おこ》ってて」

その話《はなし》を聞《き》いたアサギ先《せん》パイも、すごく理不尽《りふじん》だって思《おも》った。そして、自分《じぶん》にも何《なに》かできないかって。

「お昼《ひる》の放送《ほうそう》、使《つか》っちゃったんだ」

おたよりコーナーで、『活動停止《かつどうていし》はおかしい、連帯責任《れんたいせきにん》はおかしい』という内容《ないよう》のおたよりを読《よ》んだ。

「おれも頭《あたま》に血《ち》がのぼっててさ。文句《もんく》とか悪口《わるぐち》みたいなのも、そのまま読《よ》んじゃって」

それを聞《き》いて、放送室《ほうそうしつ》にある「×」印《じるし》の段《だん》ボール箱《ばこ》の、読《よ》まれなかったおたよりを思《おも》いだした。

言葉《ことば》はむずかしい。

アサギ先《せん》パイの気持《きも》ちもわからないわけじゃない。あたしだって、もし知花《ちか》が何《なに》かにこまってたら、できることをしたいって思《おも》う。

でも、お昼《ひる》の放送《ほうそう》はみんなのためのものだ。

バレー部《ぶ》が本当《ほんとう》に問題《もんだい》を起《お》こしたのなら、誰《だれ》かの抗議《こうぎ》を放送部《ほうそうぶ》が代《か》わりに読《よ》むのはちがうんじゃないかなって思《おも》った。なんていうか、公平《こうへい》じゃない。

「あのころ、部員《ぶいん》も二人《ふたり》だったしさ。ろくな放送《ほうそう》ができないなら、お昼《ひる》の放送《ほうそう》はやらないほうがいいって話《はなし》になっちゃって」

そうしてお昼《ひる》の放送《ほうそう》は中止《ちゅうし》になり、アサギ先《せん》パイは放送室《ほうそうしつ》に行《い》かなくなった。

五十嵐先《いがらしせん》パイから聞《き》いていた話《はなし》の裏側《うらがわ》が、ようやく明《あき》らかになった。

「おたよりコーナーはやらないって約束《やくそく》は、そういう理由《りゆう》だったんですね」

「おれもそれははじめて知《し》った。おれが部《ぶ》に行《い》かなくなってから、五十嵐《いがらし》と景山先生《かげやませんせい》で決《き》めたんだろうね」

でも、それをあたしがダメにしちゃった。

「ヒナちゃんのせいじゃないよ」

あたしの考《かんが》えを見《み》すかしたように、アサギ先《せん》パイは苦笑《くしょう》する。

「言《い》わなかったのは五十嵐《いがらし》なんだから」

「ヒビキくんが――あの、放送部《ほうそうぶ》にもう一人《ひとり》一年生《ねんせい》がいるんですけど、なんで教《おし》えてくれなかったのかって五十嵐先《いがらしせん》パイに怒《おこ》ったんですよ。あたしも同《おな》じ気持《きも》ちだったんですけど……」

もし五十嵐先《いがらしせん》パイが、おたよりコーナーのせいでお昼《ひる》の放送《ほうそう》が中止《ちゅうし》になったって話《はなし》を先《さき》にしてくれていたら。

あたしはどうしたかな。

お昼《ひる》の放送《ほうそう》をやりたくて、あたしたちはこれまでがんばってきた。

だから、景山先生《かげやませんせい》とやらないって約束《やくそく》までしてるおたよりコーナーをやりたい、とは、きっと言《い》わなかった。

風《かぜ》が通《とお》ったみたいに頭《あたま》がクリアになっていく。

正解《せいかい》じゃないかもしれない。でも、きっとそうだって思《おも》わずにはいられない。

「五十嵐《いがらし》先《せん》パイ、本当《ほんとう》はおたよりコーナー、やりたかったんですよ」

そうに決《き》まってる。だって、そうじゃなかったら、色《いろ》んなことに説明《せつめい》がつかない。

「おたよりが入《はい》った『○』と『×』の段《だん》ボールを、五十嵐《いがらし》先《せん》パイがあたしたちに見《み》せてくれたんです。最初《さいしょ》からやる気《き》がないなら、あんなものを見《み》せたりしないで、約束《やくそく》だからって却下《きゃっか》すればよかったのに。それにそもそも、過去《かこ》のおたよりをとっておく必要《ひつよう》もないですよね」

アサギ先《せん》パイはこたえず、だまってあたしの話《はなし》を聞《き》いている。

そんなアサギ先《せん》パイについて、以前《いぜん》、五十嵐《いがらし》先《せん》パイが話《はな》していたことも思《おも》いだす。

「五十嵐《いがらし》先《せん》パイ、前《まえ》にアサギ先《せん》パイのこと、『一人《ひとり》で逃《に》げた』って言《い》ってました」

あたしの言葉《ことば》に、アサギ先《せん》パイは気《き》まずそうに目《め》をそらした。

「それって、五十嵐《いがらし》先《せん》パイが『一人《ひとり》で残《のこ》された』ってことでもありますよね。一人《ひとり》で部《ぶ》を守《まも》って、新入生《しんにゅうせい》を勧誘《かんゆう》して、お昼《ひる》の放送《ほうそう》を復活《ふっかつ》させせようとしてて……」

「もしかして、おれが逃《に》げたこと責《せ》めてる？」

首《くび》をふる。そうじゃなくて。

「その……一人《ひとり》になっても五十嵐《いがらし》先《せん》パイが放送部《ほうそうぶ》を守《まも》ってきたの、なんでかなって。責任《せきにん》感《かん》、なのかもしれません。でも、もしかしたら五十嵐《いがらし》先《せん》パイ、アサギ先《せん》パイのこと、待《ま》ってたのかも」

いつもクールな五十嵐《いがらし》先《せん》パイが、アサギ先《せん》パイの話《はなし》をしたときだけ表情《ひょうじょう》を変《か》えた。

気《き》にしてなかったら、きっとあんな顔《かお》はしない。

「待《ま》ってるわけないよ。おれ、多分《たぶん》キラわれてるし」

「キュー」

あたしの言葉《ことば》に、アサギ先《せん》パイがきょとんとする。

「五十嵐《いがらし》先《せん》パイも言《い》ってました。『3、2、1、キュー』って。あれってもしかしたら、アサギ先《せん》パイが使《つか》ってたからかも」

アサギ先《せん》パイは目《め》を丸《まる》くした。

「それ、ホント？」

「はい。二回《かい》も聞《き》きました、あたし」

マジかよ、なんてつぶやいてから、こらえきれなくなったようにアサギ先《せん》パイは小《ちい》さく笑《わら》った。

「『キュー』ってさ、ラジオとかテレビの放《ほう》送《そう》で使《つか》う業《ぎょう》界《かい》用《よう》語《ご》なんだ。放《ほう》送《そう》をはじめるときのカウントダウンで使《つか》うんだって。おもしろいっしょ、そーゆーの」

「そうだったんですか！」

ナゾが一《ひと》つとけてすっきりしたあたしの一《いっ》方《ぽう》で、アサギ先《せん》パイはまだ笑《わら》っている。

「何《なに》がおかしいんですか？」

「あ、ごめん。おれが『キュー』って言《い》うの、五十嵐《いがらし》のヤツ、バカにしてたのにって……」

その笑《わら》いは尻《しり》すぼみになって、声《こえ》のトーンがおちていく。

アサギ先《せん》パイの気《き》持《も》ちが伝《つた》わってくるようで、こっちまで苦《くる》しくなってくる。

「退《たい》部《ぶ》届《とどけ》もだしてないし、五十嵐《いがらし》先《せん》パイの好《す》きなおせんべいの味《あじ》も教《おし》えてくれたし、学《がっ》校《こう》新《しん》聞《ぶん》で放《ほう》送《そう》部《ぶ》の記《き》事《じ》もチェックしてくれてたし……アサギ先《せん》パイ、今《いま》でも放《ほう》送《そう》部《ぶ》や五十嵐《いがらし》先《せん》パイのこと、気《き》にかけてくれてますよね」

アサギ先《せん》パイはあたしに目《め》をもどした。その顔《かお》には、なんだか弱《よわ》々《よわ》しい笑《え》みが浮《う》かんでる。

「でも、今《いま》さらおれが何《なに》してても遅《おそ》いし」

本当《ほんとう》にそうなのかな。

五十嵐先《いがらしせん》パイは、あまり思《おも》ってることを顔《かお》にださないし、マイペースだし、何《なに》を考《かんが》えてるのかわからなかったりもするけど。

あたしがどんなにできなくても、笑《わら》ったりせかしたり絶対《ぜったい》にしない。

がんばってるのを見《み》てくれる。

「五十嵐先《いがらしせん》パイは、やさしいです」

あたしだって、五十嵐先《いがらしせん》パイのこと、何《なに》も知《し》らないわけじゃない。

五十嵐先《いがらしせん》パイは、アサギ先《せん》パイのことを「逃《に》げた」って言《い》った。でも、それだけ。それ以外《いがい》のことは何《なに》も言《い》ってなかった。

許《ゆる》せないのは、逃《に》げたこと。

「逃《に》げなければ、きっと認《みと》めてくれます」

少《すこ》し元気《げんき》がでてきて、残《のこ》っていたお茶《ちゃ》を飲《の》みほした。

五十嵐《いがらし》先《せん》パイと話《はな》そう。わからないことは教《おし》えてもらおう。

わからないって逃《に》げちゃダメだ。

だってあたしは、あたしが知《し》りたいと思《おも》ってるってことすら先《せん》パイに伝《つた》えてない。伝《つた》えてないのに教《おし》えてほしいなんていうのはムシがいい。

「……五十嵐《いがらし》は、後輩《こうはい》に好《す》かれてるんだね」

アサギ先《せん》パイの言葉《ことば》に顔《かお》が赤《あか》くなった。

気《き》がつくと、ガラス戸《ど》のむこうが明《あか》るくなっていた。あんなにふっていた雨《あめ》は、もうやんでいる。

☆

アサギ先《せん》パイと話《はな》した次《つぎ》の日《ひ》の放課後《ほうかご》、あたしは早《はや》めに教室《きょうしつ》をでた。いつもよりいそいでランニングをおわらせて放送室《ほうそうしつ》に走《はし》る。

アサギ先《せん》パイと話《はな》したおかげで、色《いろ》んなことを考《かんが》えられた。

五十嵐先《いがらしせん》パイには五十嵐先《いがらしせん》パイの事情《じじょう》があった。あたしが勝手《かって》に悲《かな》しんだりもやもやしたりするのは、多分《たぶん》ちがう。

言葉《ことば》はむずかしい、って心《こころ》のなかでくりかえす。

アサギ先《せん》パイは、それをまちがえたことを後悔《こうかい》してる。

五十嵐先《いがらしせん》パイはどうだろう。

そのまちがいを、やりなおしたいんじゃないのかな。

言葉《ことば》は誰《だれ》かのためになることもあるし、傷《きず》つけることもある。

それならあたしは、五十嵐先《いがらしせん》パイのためになるような言葉《ことば》を口《くち》にできるようになりたい。

放送室《ほうそうしつ》に到着《とうちゃく》すると、ドアの前《まえ》に制服姿《せいふくすがた》のヒビキくんが立《た》っていた。おちつかない様子《ようす》で首《くび》のヘッドフォンをさわっている。

昨日《きのう》、ヒビキくんは怒《おこ》って帰《かえ》っちゃったし、このまま部活《ぶかつ》に来《こ》なくなったらどうしようって心配《しんぱい》してたからホッとした。

「ランニング、サボったでしょー」

ちょっとおどけて声《こえ》をかけると、ヒビキくんはこっちをむいて放送室《ほうそうしつ》のドア——ちがう、そのとなりにある赤《あか》いポストを指《ゆび》さした。

五十嵐《いがらし》先《せん》パイはあたしたちに少《すこ》し遅《おく》れて放送室《ほうそうしつ》にあらわれた。

ちょっと気《き》まずい間《ま》があった。

先《せん》パイに言《い》おう、聞《き》こうと思《おも》っていたことはたくさんあるのに。いざ本人《ほんにん》を目《め》の前《まえ》にすると、そういうのってすごく勇気《ゆうき》がいる。

一方《いっぽう》、むくれた顔《かお》のまま、五十嵐《いがらし》先《せん》パイに一歩《いっぽ》近《ちか》づいたのはヒビキくんだった。

「それ」

先《せん》パイを見《み》て、長机《ながづくえ》の上《うえ》を指《ゆび》さした。

机《つくえ》の上《うえ》は、便《びん》せんや封筒《ふうとう》で山盛《やまも》りになっている。

「ポストがおたよりでいっぱいになってた」

そう言《い》うヒビキくんとおたよりの山《やま》を、五十嵐《いがらし》先《せん》パイは動揺《どうよう》したように見《み》くらべた。

あたしたちは会話《かいわ》らしい会話《かいわ》もないまま、でも誰《だれ》が率先《そっせん》してってわけじゃなく、とどいたおたよりを黙々《もくもく》と読《よ》んでいった。

『お昼《ひる》の放送《ほうそう》が楽《たの》しみ！』

『おたよりコーナーが復活《ふっかつ》してうれしい』

『放送部《ほうそうぶ》がんばれ』

読《よ》んでいるうちに目頭《めがしら》が熱《あつ》くなった。

五十嵐先《いがらしせん》パイとアサギ先《せん》パイがやっていたお昼《ひる》の放送《ほうそう》は、どれだけたくさんの人《ひと》に親《した》しまれていたのかなって。

それがなくなって、どれだけさびしく思《おも》った人《ひと》がいたんだろう。

そういうことを、たくさんのおたよりが教《おし》えてくれる。

「おたより、いいですね」

つぶやいたあたしに、五十嵐先《いがらしせん》パイとヒビキくんもうなずく。

こんな風《ふう》に、おたよりにはげまされるなんて思《おも》ってもみなかった。

聞《き》いている人《ひと》も参加《さんか》できるのがおたよりコーナーなんだってあらためて思《おも》った。放送部《ほうそうぶ》だけで作《つく》るんじゃない、みんなで作《つく》るもの。

そういう放送《ほうそう》がしたいと思《おも》った。

おたよりをくれた人《ひと》たちに、そういうかたちでこたえたい。

「あたし、やっぱりやりたいです、おたよりコーナー」

「でもそれは――」

「五十嵐先《いがらしせん》パイはどう思《おも》ってますか？　――あたし、じつは前《まえ》のお昼《ひる》の放送《ほうそう》が中止《ちゅうし》になった理由《りゆう》、聞《き》いたんです」

五十嵐先《いがらしせん》パイがわずかに目《め》を見《み》ひらいた。

あたしがこれから先《せん》パイに言《い》おうとしていることは、でしゃばりすぎかもしれない。でもやっぱり、知《し》らないとすっきりしない、先《さき》に進《すす》めない気《き》がする。

「だから、景山先生《かげやませんせい》との約束《やくそく》のこともわかるんです。でも……教《おし》えてほしいんです、五十嵐先《いがらしせん》パイがお昼《ひる》の放送《ほうそう》のこと……おたよりコーナーのこと、本当《ほんとう》はどう思《おも》ってるのか」

一気《いっき》にそう言《い》って、思《おも》わずぎゅっと目《め》をつむった。

じれったい空気《くうき》が流《なが》れてく。

……そんな静寂《せいじゃく》をやぶったのは、放送室《ほうそうしつ》のドアがひらく音《おと》だった。
もしかして先《せん》パイがでていっちゃったのかも、ってあわてて目《め》をあけたけど、先《せん》パイは
あたしの前《まえ》に座《すわ》ったままだった。
先《せん》パイの目《め》は、放送室《ほうそうしつ》の入口《いりぐち》にむけられている。
また景山先生《かげやませんせい》が来《き》たのかと思《おも》ったけど、ちがった。
「……久《ひさ》しぶり」
はにかむような笑《え》みを浮《う》かべて立《た》っていたのは、アサギ先《せん》パイだった。

10 放送《ほうそう》部《ぶ》の決意《けつい》

突然《とつぜん》あらわれたアサギ先《せん》パイに、あたしは思《おも》いっきり目《め》を丸《まる》くした。

ヒビキくんは、「誰《だれ》？」とでも言《い》いたそうに首《くび》をかしげた。

そして五十嵐《いがらし》先《せん》パイは、皮肉《ひにく》な笑《え》みを浮《う》かべた。

「今《いま》さら、どういうつもり？」

事情《じじょう》がわからずヘッドフォンをいじっているヒビキくんに、幽霊部員《ゆうれいぶいん》さん、とこそっと教《おし》えると、これでもかって目《め》を見《み》ひらく。

あたしもヒビキくんに負《ま》けないくらいにはおどろいてた。アサギ先《せん》パイが、自《じ》分《ぶん》から部《ぶ》室《しつ》に来《き》てくれるなんて思《おも》ってもみなかった。

にらみつけてくる五十嵐《いがらし》先《せん》パイにアサギ先《せん》パイはわずかにたじろいだようだけど、すぐに強《つよ》く見《み》かえして口《くち》をひらいた。

「逃《に》げるのやめた」

五十嵐先《いがらしせん》パイはだまったまま、冷《つめ》たい目《め》をアサギ先《せん》パイにむけつづける。

「今《いま》からでも、おれにできることがあるならする。五十嵐《いがらし》がおたよりコーナーを復活《ふっかつ》させたいなら、その手伝《てつだ》いだってする」

そう言《い》うアサギ先《せん》パイに、五十嵐先《いがらしせん》パイははき捨《す》てた。

「ずっと逃《に》げてたくせに」

アサギ先《せん》パイはチラとあたしのほうを見《み》て、その目《め》もとをやわらげる。

「昨日《きのう》、ヒナちゃんと話《はな》したんだ」

五十嵐先《いがらしせん》パイの目《め》もあたしにむいたのでうなずいた。

「色々聞《いろいろき》いた。逃《に》げるの、もうやめようって思《おも》った」

アサギ先《せん》パイの声《こえ》はよくひびいた。強《つよ》くて、まっすぐに耳《みみ》にとどく。アサギ先《せん》パイが真剣《しんけん》だって伝《つた》わってくる。

「五十嵐《いがらし》には許《ゆる》してもらえないかもしれないけど。おれにもできることあるんじゃないかって——」

「何《なに》ができるって言《い》うんだよ！」

その大声《おおごえ》に放送室《ほうそうしつ》がシンとなった。

五十嵐先《いがらしせん》パイが怒鳴《どな》るのをはじめて聞《き》いた。

「勝手《かって》なことして来《こ》なくなって……ぼくがどんな思《おも》いだったかわかるのかよ！　気《き》まぐれにもどってきて、今《いま》さら何《なに》ができるって言《い》うんだよ！」

大《おお》きく息《いき》をつき、五十嵐先《いがらしせん》パイは顔《かお》をうつむかせた。表情《ひょうじょう》はわからない。ただ、その両《りょう》手《て》は強《つよ》くにぎられ、固《かた》まったように動《うご》かなくなる。

これまでがんばってきた五十嵐先《いがらしせん》パイを知《し》っているのに。

アサギ先《せん》パイがどれだけの決意《けつい》で来《き》てくれたかも知《し》っているのに。

何《なに》もできない自分《じぶん》がもどかしい。

思《おも》わず下唇《したくちびる》をかんだら、ふいに顔《かお》をあげた五十嵐先《いがらしせん》パイと目《め》があった。目《め》もとがうるみかけてた自分《じぶん》に気《き》づいてあわてて飲《の》みこむ。

「……ごめん」

険《けわ》しかった五十嵐先《いがらしせん》パイの顔《かお》が、力《ちから》をなくしたみたいにゆるんだ。

「ヒナさんをこまらせるつもりじゃなかった」

いつもどおり、ううん、いつも以上《いじょう》に五十嵐《いがらし》先《せん》パイの言葉《ことば》はやさしくて、あたしは首《くび》をふってこたえる。

「さっきのヒナさんの質問《しつもん》にこたえるよ」

アサギ先《せん》パイの登場《とうじょう》で忘《わす》れかけてた。五十嵐《いがらし》先《せん》パイが、おたよりコーナーのことを本当《ほんとう》はどう思《おも》っているのかって聞《き》いたんだった。

前《まえ》にも言《い》ったけど、と五十嵐《いがらし》先《せん》パイは前《まえ》おきする。

「ぼくは話《はな》すのが得意《とくい》ってわけじゃないんだ。今《いま》でもそれは変《か》わらない」

前《まえ》は五十嵐《いがらし》先《せん》パイのこの言葉《ことば》が信《しん》じられなかった。だけど、今《いま》ならちょっとわかるような気《き》がする。

練習《れんしゅう》して、いくら五十嵐《いがらし》先《せん》パイがほめてくれても、あたしはドジだしできないしって気《き》持《も》ちはやっぱりある。自分《じぶん》で自分《じぶん》を認《みと》めるのって、きっととってもむずかしい。

「でも、放送部《ほうそうぶ》に入《はい》ってはじめて何《なに》かに夢中《むちゅう》になった。できるようになって、ほめられた。おたよりコーナーで誰《だれ》かに感謝《かんしゃ》されるのもうれしかった」

わずかな間《ま》のあと、深々《ふかぶか》と息《いき》をはきだしてから五十嵐《いがらし》先《せん》パイはつづけた。

「楽《たの》しかった。そういうお昼《ひる》の放送《ほうそう》を、放送部《ほうそうぶ》を取《と》りもどしたかった」

やっと聞《き》けた。

これが、五十嵐《いがらし》先《せん》パイの本音《ほんね》。

五十嵐《いがらし》先《せん》パイは肩《かた》をすくめ、観念《かんねん》したようにアサギ先《せん》パイにむきなおる。

「言《い》えよ」

「え？」

「『できることがあるならする』って言《い》うなら、何《なに》ができると思《おも》うんだよ、アサギは」

その言葉《ことば》を受《う》けとめたアサギ先《せん》パイの目《め》には迷《まよ》いがなかった。

きっぱりと、まっすぐにこたえる。

「あやまる」

――それから、約《やく》一時間後《じかんご》。

あたしはジャージから制服《せいふく》に着《き》がえて気合《きあ》いを入《い》れた。

みんなの準備《じゅんび》が整《ととの》ったところで放送室《ほうそうしつ》をでて、ぞろぞろと職員室《しょくいんしつ》へとむかう。

五十嵐《いがらし》先《せん》パイに呼《よ》ばれて廊下《ろうか》にでてきた景山先生《かげやませんせい》は、アサギ先《せん》パイを見《み》て目《め》を丸《まる》くする。

「鶴谷《つるたに》、もどったのか」

おどろいた顔《かお》の景山先生《かげやませんせい》に、アサギ先《せん》パイは背《せ》すじをのばし、勢《いきお》いよく頭《あたま》をさげた。

「去年《きょねん》のお昼《ひる》の放送《ほうそう》のこと、ちゃんとあやまってませんでした。すみませんでしたっ！」

放送室《ほうそうしつ》で、アサギ先《せん》パイの「あやまる」ってこたえを聞《き》いた瞬間《しゅんかん》、五十嵐先《いがらしせん》パイは泣《な》き笑《わら》いみたいな顔《かお》になった。

『遅《おそ》いんだよ、おまえ。一人《ひとり》で逃《に》げやがって』

これまで何《なに》かというと逃《に》げてばかりだったあたしにも、そのセリフはチクリとした。

ちょっと失敗《しっぱい》したからって、はずかしくて、誰《だれ》かにあきれられたり怒《おこ》られたりするのがこわくて、すぐに逃《に》げてばかりで。

でも、逃《に》げててもなんにもならないんだって今《いま》はわかる。

みっともなくても、はずかしくても、逃《に》げたらそこでおわっちゃう。

勇気《ゆうき》をだしてむきあって、がんばってみないとわからないこともある。

頭《あたま》をさげたアサギ先《せん》パイに、景山先生《かげやませんせい》はだまったままでいる。

「先生《せんせい》、ちょっといいですか？」

そう声《こえ》をかけたのは五十嵐先《いがらしせん》パイだ。

あたしたちはその言葉《ことば》を合図《あいず》に、景山先生《かげやませんせい》の前《まえ》に一列《れつ》にならんだ。

打《う》ち合《あ》わせどおり、五十嵐先《いがらしせん》パイが紙《かみ》を取《と》りだす。

「放送部《ほうそうぶ》の決意表明《けついひょうめい》をします」

「決意表明《けついひょうめい》？」

困惑気味《こんわくぎみ》の景山先生《かげやませんせい》に、五十嵐先《いがらしせん》パイはうなずいた。

「選手宣誓《せんしゅせんせい》みたいなものです」

さっき、みんなで考《かんが》えたその「決意表明《けついひょうめい》」を、声《こえ》をそろえて読《よ》んだ。

学校《がっこう》の生徒《せいと》みんなが参加《さんか》できるような、そんなお昼《ひる》の放送《ほうそう》をしたい。

学校《がっこう》の生徒《せいと》みんなが楽《たの》しめるような、そんなお昼《ひる》の放送《ほうそう》をしたい。

言葉《ことば》を伝《つた》えるというのは、とってもむずかしい。

どんなに練習《れんしゅう》して話《はな》せるようになったって、それだけじゃ全然《ぜんぜん》足《た》りないことを、わたしたちは知《し》っている。

言葉《ことば》は誰《だれ》かを勇気《ゆうき》づけたり楽《たの》しませたりできるギフトにもなるし、誰《だれ》かを傷《きず》つけるナイフにもなる。

それを自分《じぶん》たちは失敗《しっぱい》のなかで学《まな》んだ。

だからこそ、今度《こんど》こそ、使《つか》い方《かた》をまちがえないように、言葉《ことば》を伝《つた》えることをしていきたい。


あたしたちは放送部《ほうそうぶ》だ。それなら、言葉《ことば》で伝《つた》えるのが一番《いちばん》だって思《おも》った。

言葉《ことば》で失敗《しっぱい》したなら、言葉《ことば》で取《と》りかえす。

言葉《ことば》で誠意《せいい》を見《み》せる。

決意表明《けついひょうめい》を読《よ》みおえると、ヒビキくんが持《も》ってきた紙《かみ》ぶくろを景山先生《かげやませんせい》にずいとさしだした。

「今日《きょう》、放送室《ほうそうしつ》にとどいていたおたよりです」

藍内

景山先生《かげやませんせい》は紙《かみ》ぶくろを受《う》けとってなかをのぞきこむ。

「これ全部《ぜんぶ》?」

「これ全部《ぜんぶ》、です」

景山先生《かげやませんせい》の口《くち》もとに笑《え》みが浮《う》かんでいく。

そんな景山先生《かげやませんせい》と目《め》が合《あ》うと、五十嵐先《いがらしせん》パイは静《しず》かに、でもはっきりと言《い》った。

「たかがお昼《ひる》の放送《ほうそう》かもしれません。でも、ぼくたちにとっては大事《だいじ》なお昼《ひる》の放送《ほうそう》です。だからこそ、意義《いぎ》があるものにしたいと思《おも》っています」

景山先生《かげやませんせい》は再《ふたた》びアサギ先《せん》パイを見《み》た。アサギ先《せん》パイがあわてたようにもう一度《いちど》頭《あたま》をさげる。

数秒間《すうびょうかん》、景山先生《かげやませんせい》はそんなアサギ先《せん》パイをじっと見《み》つめてから。

自分《じぶん》の頭《あたま》に手《て》をやり、髪《かみ》の毛《け》をくしゃっとして笑《わら》った。

「どうなるかは保証《ほしょう》できないけど。職員会議《しょくいんかいぎ》で、放送部《ほうそうぶ》の考《かんが》えは伝《つた》える」

景山先生《かげやませんせい》のそんな言葉《ことば》に、みんなでそろって礼《れい》をする。

「ありがとうございます!」という四人《よにん》の声《こえ》はぴったり重《かさ》なった。

11 お昼《ひる》の放送《ほうそう》の時間《じかん》です！

待《ま》ちに待《ま》ったその日《ひ》の給食《きゅうしょく》の時間《じかん》。

シチューとコッペパンとその他《た》もろもろがのった給食《きゅうしょく》のトレーを持《も》って、あたしが放送《ほうそう》室《しつ》にかけこむと、すでに五十嵐先《いがらしせん》パイとヒビキくんの姿《すがた》があった。

ヒビキくんはヘッドフォンを首《くび》につけたままパンをほおばってて（食《た》べにくくないのかな）、五十嵐先《いがらしせん》パイはすでに給食《きゅうしょく》を食《た》べおえてる。

「いそいで食《た》べます！」

そう宣言《せんげん》したあたしに、五十嵐先《いがらしせん》パイがクスッと笑《わら》った。

「まだ時間《じかん》はあるから、あわてなくても大丈夫《だいじょうぶ》だよ」

お昼《ひる》の放送《ほうそう》は給食《きゅうしょく》の時間《じかん》の後半《こうはん》十五分《ふん》。それまでに給食《きゅうしょく》を食《た》べおわりたいところだけど、ちょっとムリかも。

なんとかシチューだけはカラにして、給食《きゅうしょく》のトレーを機材室《きざいしつ》の机《つくえ》のすみっこにおいてスタジオに入《はい》る。

スタジオのまんなかには机《つくえ》があって、その上《うえ》のマイクの確認《かくにん》をアサギ先《せん》パイと五十嵐《いがらし》先《せん》パイがしていた。

あたしとヒビキくんは、昨日《きのう》までに準備《じゅんび》しておいたおたよりをその机《つくえ》の上《うえ》にだしていく。

「あと五分《ふん》だぞー」

機材室《きざいしつ》から景山先生《かげやませんせい》が顔《かお》をのぞかせると、アサギ先《せん》パイがかけ寄《よ》っていく。

アサギ先《せん》パイは反省《はんせい》の意味《いみ》もこめて、初回《しょかい》の放送《ほうそう》は裏方《うらかた》をやるって数日前《すうじつまえ》に宣言《せんげん》した。

景山先生《かげやませんせい》と機材《きざい》を操作《そうさ》して、マイクの音量《おんりょう》や音楽《おんがく》の調整《ちょうせい》をしてくれるという。

あわただしい雰囲気《ふんいき》のなか空気《くうき》がはりつめていって、手足《てあし》の先《さき》からビリビリしてくるみたい。

と、ヒビキくんにつつかれた。

「緊張《きんちょう》してんだろ」

「す、するに決《き》まってるじゃん！」

今日《きょう》のために今《いま》までがんばってきたし、色《いろ》んなこともあった。緊張《きんちょう》しないほうがおかしいし！

「そういうヒビキくんは平気《へいき》なの？」

「なわけないだろ」

緊張《きんちょう》してるのはあたしだけじゃないってヒビキくんは言《い》いたかったのかも。

ちょっと心強《こころづよ》くなって「ありがとう」って言《い》ったけど、ヒビキくんはヘッドフォンで顔《かお》をかくした。

「あと三分《ぷん》だよ」とあたしたちに声《こえ》をかけつつ、アサギ先《せん》パイがスタジオにもどってくる。

スタジオのまんなか、マイクとおたよりがある机《つくえ》をかこんであたしたちは円《えん》になった。

『えいえいおー』とかやるのかなって力《りき》んだけど、五十嵐《いがらし》先《せん》パイはそうしなかった。

「今日《きょう》はお昼《ひる》の放送《ほうそう》が再開《さいかい》する特別《とくべつ》な日《ひ》だけど、今日《きょう》だけが特別《とくべつ》にならないようにしよう」

一瞬《いっしゅん》、よくわからなかった。でも、すぐに先《せん》パイが言《い》いたいことを理解《りかい》できた。

「これからもずっと特別《とくべつ》な放送《ほうそう》をつづけていけるように、そういう一歩《いっぽ》になるような放送《ほうそう》にしよう。そのために、やれるだけのことはやってきたんだから」

緊張《きんちょう》とかヘンな風《ふう》に入《はい》っていた力《ちから》とか、そういうのが体《からだ》から抜《ぬ》けていく。みんなで視線《しせん》を交《か》わしてうなずきあうだけで、気合《きあ》いは満《まん》タンだ。

そう、あたしたちは、やれるだけのことはやってきた。

アサギ先《せん》パイが再《ふたた》び機材室《きざいしつ》にひっこんで、とうとう防音扉《ぼうおんとびら》がしめられた。スタジオが急《きゅう》に静《しず》かになって、いよいよって感《かん》じになる。

あたしたちはそれぞれ机《つくえ》をかこむ椅子《いす》に座《すわ》った。

「ヒナさん」と五十嵐先《いがらしせん》パイがあたしのほうをむく。

「ゆっくり、おちついて」

その言葉《ことば》をひきついだ。

「深呼吸《しんこきゅう》して、背《せ》すじをのばして、ですよね？」

五十嵐先《いがらしせん》パイはぐっと右手《みぎて》の親指《おやゆび》を立《た》てた。

「ばっちり」

しばらくすると、防音《ぼうおん》ガラスのむこう、機材室《きざいしつ》でアサギ先《せん》パイがカウントダウンをはじめた。防音《ぼうおん》ガラス越《ご》しだから声《こえ》は聞《き》こえないけど、手《て》の指《ゆび》と口《くち》の動《うご》きでわかる。

『3、2、1……』

暴《あば》れそうになる心臓《しんぞう》をぎゅっとおさえる。今《いま》のあたしなら大丈夫《だいじょうぶ》。

マイクにまっすぐむかって、背中《せなか》をのばしてシャンとする。

『キュー』

明《あか》るくはねるようなメロディの曲《きょく》が流《なが》れた。新《あたら》しいお昼《ひる》の放送《ほうそう》のテーマにって、ヒビキくんが選《えら》んだ『ジ・エンターテイナー』という曲《きょく》だ。

テレビとかでもよく使《つか》われている聴《き》いたことがある曲《きょく》で、タイトルからも、これから何《なに》かがはじまりそうな、そんな楽《たの》しい予感《よかん》がする。

最初《さいしょ》のメロディがおわったところでアサギ先《せん》パイが手《て》で合図《あいず》をしてくれ、あたしはマイクのスイッチを入《い》れた。

「みなさんこんにちは、坂月中学放送部《さかつきちゅうがくほうそうぶ》です。お昼《ひる》の放送《ほうそう》の時間《じかん》になりました！」

こうしてお昼《ひる》の放送《ほうそう》がはじまった。

でだしのセリフをちゃんと言《い》えてひとまずホッとする。あたしが目配《めくば》せすると、今度《こんど》は五十嵐《いがらし》先《せん》パイがマイクに口《くち》を近《ちか》づける。

「お昼《ひる》の放送《ほうそう》、再開初日《さいかいしょにち》の今日《きょう》は、みなさんからいただいたおたよりを時間《じかん》が許《ゆる》すかぎり紹介《しょうかい》していきます」

お昼《ひる》の放送《ほうそう》の復活《ふっかつ》にあたり、おたよりコーナーをやる許可《きょか》ももらえた。

それなら、初日《しょにち》は徹底的《てっていてき》にやろうと五十嵐《いがらし》先《せん》パイが提案《ていあん》した。すでに、紹介《しょうかい》しきれないくらいのおたよりがとどいている。

あたしたちがかこむ机《つくえ》には紹介《しょうかい》する予定《よてい》のおたよりが山《やま》になっていて、このなかからランダムに選《えら》んで、三人《にん》で交代《こうたい》に読《よ》んでいくのだ。どれが読《よ》まれるかは運次第《うんしだい》。

一通《いっつう》ずつ、ちゃんと昨日《きのう》までにみんなで目《め》を通《とお》した。誰《だれ》かを楽《たの》しませたり、よろこんでもらえたりするようなものを、じっくりと選《えら》んだつもりだ。

それから、読《よ》んだあとには、書《か》いてくれた人《ひと》のことを考《かんが》えながらひとことコメントすることも決《き》めた。これはアドリブでやらなきゃいけないから余計《よけい》にドキドキする。

昨日《きのう》やってみたリハーサルを思《おも》いだす。

三人《にん》で交代《こうたい》に読《よ》むっていっても、すぐに自分《じぶん》の番《ばん》がまわってくる。もう緊張《きんちょう》なんてほっぽって、目《め》の前《まえ》のおたよりに集中《しゅうちゅう》するしかない。

「それでは、最初《さいしょ》のおたよりです――」

五十嵐先《いがらしせん》パイの言葉《ことば》を合図《あいず》に、頭《あたま》のなかで呪文《じゅもん》をとなえる。

ゆっくり、おちついて、深呼吸《しんこきゅう》して、背《せ》すじをのばして。

あたしはきっと、できるはず。

五十嵐先《いがらしせん》パイ、ヒビキくんと一通《いっつう》ずつ読《よ》んで、ついにあたしの番《ばん》がきた。

静《しず》かに深呼吸《しんこきゅう》して姿勢《しせい》を正《ただ》し、マイクに口《くち》を近《ちか》づける。

「次《つぎ》のおたよりを紹介《しょうかい》します！　ペンネーム・ハナちゃんからです。『おたよりコーナーの復活《ふっかつ》、楽《たの》しみにしてました。わたっ――』」

ちゃんと読《よ》めるかって不安《ふあん》は的中《てきちゅう》、早々《そうそう》にとちってしまった。

でも、それでおちこんでるヒマはない。

葵野

「――『わたしはこの間《あいだ》……』」

あわてないで、ちゃんと読《よ》みなおせた。そのまま、精《せい》いっぱい心《こころ》をこめて丁寧《ていねい》に読《よ》んでいく。

失敗《しっぱい》したって、それでおわりじゃない。

こわくたって、声《こえ》をだす。

これからもつづけていくために前《まえ》をむく。

最後《さいご》まで読《よ》みおえた達成感《たっせいかん》をかみしめる間《ま》もなく、次《つぎ》のおたよりに手《て》をのばす。今度《こんど》は
どんなおたよりかなってわくわくする。

入学式《にゅうがくしき》のころのあたしに今《いま》のあたしを見《み》せてあげたい。ビックリしすぎて倒《たお》れちゃうかも。

おたよりの山《やま》がどんどん低《ひく》くなっていって、お昼《ひる》の放送《ほうそう》もあと数分《すうふん》でおしまい、というときだった。

じつは頭《あたま》のはしっこでずっと意識《いしき》していた一通《いっつう》のおたよりを、五十嵐《いがらし》先《せん》パイがひいた。

「ペンネーム・ヒヨコさんからのおたよりです」

先《せん》パイのよく通《とお》る心地《ここち》いい声《こえ》が、そのおたよりを読《よ》んでいく。

「『口《くち》ではなかなか言《い》えないことを書《か》いてみたいと思《おも》って、おたよりコーナーにだしてみました。

わたしは一年生《ねんせい》です。わたしは本当《ほんとう》にドジでおっちょこちょいなのですが、中学生《ちゅうがくせい》になって、とある部活《ぶかつ》に入《はい》ることにしました。

最初《さいしょ》はうまくできるか不安《ふあん》ばかりでした。でも、部活《ぶかつ》の先《せん》パイが、やればできるって教《おし》えてくれました。ほかにも色《いろ》んなことを教《おし》えてくれて、何度《なんど》もはげましてくれました。

それが本当《ほんとう》に本当《ほんとう》にうれしくて、がんばろうって思《おも》えるようになりました――」

……ヤバい、超照《ちょうて》れる。

何《なに》をかくそう、それはあたしがこっそりポストに入《い》れたおたよりだった。

だって、どうしても書《か》きたかったんだもん。

どんどん熱《あつ》くなっていく顔《かお》を必死《ひっし》にこらえているあたしの一方《いっぽう》で、先《せん》パイはおたよりのつづきを読《よ》んでいく。

「――そんな先《せん》パイのおかげもあって、ちょっとずつだけど、わたしも前《まえ》よりはできるようになったって思《おも》えるようになりました。

いつかちゃんと先《せん》パイにお礼《れい》を伝《つた》えられるように、これからもがんばりたいです。

そしてゆくゆくは、自分《じぶん》も少《すこ》しでもその先《せん》パイみたいになれたらいいなって思《おも》っています』

おたよりを書《か》いてみて、あらためて気持《きも》ちを言葉《ことば》にするのってむずかしいなと思《おも》った。

このおたよりだって、何時間《なんじかん》も考《かんが》えて何度《なんど》も書《か》きなおしたものだ。それでも、あたしの気持《きも》ちを一〇〇パーセント表《あらわ》しているかっていったら、多分《たぶん》ちがう。

ちがうけど、それでも言葉《ことば》にしないとなんにも伝《つた》わらない。

もっと上手《じょうず》に言葉《ことば》を使《つか》えるようになりたい。

もっとちゃんと言葉《ことば》で伝《つた》えられるようになりたい。

それができるようになったら、今度《こんど》は自分《じぶん》の口《くち》から五十嵐《いがらし》先《せん》パイに色《いろ》んなことを伝《つた》えたい。

あたしのおたよりを読《よ》みおえた先《せん》パイは、笑《わら》うようにその目《め》もとを少《すこ》し細《ほそ》めた。

「ヒヨコさん、思《おも》いのこもったおたより、ありがとうございました」

それから、「その先《せん》パイは幸《しあわ》せものですね」なんてコメントした。

☆

第一回《だいいっかい》のお昼《ひる》の放送《ほうそう》はおしまいになった。

たった十五分《ふん》の放送《ほうそう》だけど、あたしとヒビキくんはぐったりして机《つくえ》につっぷす。もうエネルギー切《ぎ》れ。

顔《かお》をあげると、放送《ほうそう》がはじまる前《まえ》とまったく変《か》わらない、あいかわらずクールな顔《かお》をした五十嵐《いがらし》先《せん》パイと目《め》があった。

「おつかれさま」

なんともおだやかなそんな言葉《ことば》にいやされる。

うまく、できたかな。

気《き》が抜《ぬ》けたあたしはぼうっとしちゃって、しばらく机《つくえ》から動《うご》けずにいた。

ちょっとはとちったけど、かんじゃったりもしたけど。

でも、ものすごい失敗《しっぱい》はしなかった。

完《かん》ぺきじゃないのはわかってる。

でも、あたしにもできた。

「——ヒナさん」

五十嵐《いがらし》先《せん》パイに呼《よ》ばれて顔《かお》をあげると、みんなが集《あつ》まってた。あわてて立《た》ちあがってその輪《わ》にまざる。

「第一回《だいいっかい》の放送《ほうそう》、おつかれさまでした」

五十嵐《いがらし》先《せん》パイの言葉《ことば》を合図《あいず》に、アサギ先《せん》パイが両手《りょうて》のひらをむけてきた。みんなでそれを真似《まね》して——

ハイタッチ！

その音《おと》はすぐに、あたしたちの笑《わら》い声《ごえ》にとって代《か》わられた。

エピローグ

第一回《だいいっかい》のお昼《ひる》の放送《ほうそう》が無事《ぶじ》におわった、次《つぎ》の日《ひ》の朝《あさ》。

学校《がっこう》に行《い》くと、知花《ちか》が書《か》きかけの学校新聞《がっこうしんぶん》の原稿《げんこう》を見《み》せてくれた。

『お昼《ひる》の放送復活《ほうそうふっかつ》！　おたよりコーナー大人気《だいにんき》！』

思《おも》わずにまにましちゃって、それから知花《ちか》に抱《だ》きついた。

昨日《きのう》の放送《ほうそう》を聞《き》いて、景山先生《かげやませんせい》もおたよりコーナーは問題《もんだい》ないって認《みと》めてくれた。

お昼《ひる》の放送《ほうそう》がおたよりコーナーも含《ふく》めて復活《ふっかつ》して、アサギ先《せん》パイももどってきて。放送《ほうそう》部《ぶ》はこれからが本当《ほんとう》のはじまりなんだなって思《おも》ったら、足《あし》もとがふわふわした。

でも、ちょっと気持《きも》ちをひきしめる。

ふわふわしてる場合《ばあい》じゃない。お昼《ひる》の放送《ほうそう》は、これからもつづいていくんだから。

まだあたしは、スタートラインに立《た》っただけ。

昨日《きのう》の放送《ほうそう》では「できた」って思《おも》ったけど、きっと、もっともっとできるようになる。

「また宣伝《せんでん》したかったらいつでも言《い》ってね」

そう笑《わら》った知花《ちか》にこたえた。

「今度《こんど》は先《せん》パイに確認《かくにん》してからにする」


その日《ひ》の放課後《ほうかご》、今日《きょう》もランニングをがんばろうと思《おも》いながら、ジャージ姿《すがた》で教室《きょうしつ》をでたところだった。

「つきあってくれないかな？」

廊下《ろうか》であたしのことを待《ま》っていたらしい五十嵐《いがらし》先《せん》パイに、いつかみたいにそんなことを言《い》われた。

でもでもでも！　あたしだって学習《がくしゅう》するんだから。

「いいですよ」って余裕《よゆう》な顔《かお》でこたえた。

もうヘンな勘《かん》ちがいはしません！

……って、思《おも》ってたのに。

先《せん》パイにつれてこられたのは、放送室《ほうそうしつ》じゃなかった。

誰《だれ》もいない非常階段《ひじょうかいだん》。

予想外《よそうがい》に二人《ふたり》きりになっちゃって、あたしはもうどうしたらいいのかわからない。

「二人《ふたり》で話《はな》したかったんだ」

おまけにそんなことを言《い》われたら、余裕《よゆう》なんてふっ飛《と》ぶに決《き》まってる。

わたわたしてるあたしに、おもしろがるような目《め》をむけて先《せん》パイは言《い》った。

「ペンネーム・ヒヨコさん」

どうしようもなく顔《かお》が熱《あつ》くなっちゃって、両手《りょうて》でほっぺたをおさえた。

「昨日《きのう》のお昼《ひる》の放送《ほうそう》で最後《さいご》にぼくが読《よ》んだおたより、あれヒナさんだよね？」

「な、なんで……」

「ヒナさんの字《じ》かなって」

同《おな》じ部活《ぶかつ》なんだし、それくらい考《かんが》えればすぐわかったのに！

はずかしい。これはむちゃくちゃはずかしい。

それに多分《たぶん》、あたしがおたよりに書《か》いた「先《せん》パイ」が五十嵐先《いがらしせん》パイのことだっていうの、絶対《ぜったい》にバレてる。

あぁぁあって心《こころ》のなかで叫《さけ》びながらも、なんとか口《くち》をひらいた。

「ちゃ、ちゃんと、五十嵐《いがらし》先《せん》パイにお礼《れい》とか、その、言《い》いたかったんです！　でもでも、その、せっかくだし……あ、あたしもおたより、書《か》いてみたくて」

しどろもどろのあたしに、先《せん》パイはクスッと笑《わら》う。

「あと、ヒナさん、アサギに色々《いろいろ》話《はな》してくれたんだってね。ヒナさんに話《はなし》を聞《き》いてもどる決心《けっしん》したって、アサギが言《い》ってた」

「そ、そんな大《たい》したことじゃ……」

雨宿《あまやど》りのついでだったし、あのときはむしろ、あたしがアサギ先《せん》パイのお世話《せわ》になったっていうか――

「ありがとう」

それはあまりに予想外《よそうがい》のふいうちだった。

五十嵐先《いがらしせん》パイが笑《わら》った。

いつだってクールであまり表情《ひょうじょう》を変《か》えない五十嵐先《いがらしせん》パイが、顔中《かおじゅう》で笑《わら》ってた。

五十

一瞬《いっしゅん》ポカンとしちゃってから鳥肌《とりはだ》が立《た》つくらい感動《かんどう》して、それからやっぱりあたしの顔《かお》は赤《あか》くなる。

先《せん》パイのことは、今《いま》でもわからないことばっかりだけど。

こんな顔《かお》もするって知《し》ってるの、多分《たぶん》、きっと、いや絶対《ぜったい》、あたしだけだって思《おも》いたい。

がんばってよかった。

逃《に》げないでよかった。

五十嵐《いがらし》先《せん》パイがこんな風《ふう》に笑《わら》ってくれて、本当《ほんとう》によかった。

ぽわんとして先《せん》パイを見《み》てるのが段々《だんだん》はずかしくなってきて、「ちなみにですけど」と口《くち》をひらいた。

「おたよりに、あたし、言《い》いたいことの半分《はんぶん》も書《か》いてないです」

心臓《しんぞう》バクバクで苦《くる》しいくらいだけど、今《いま》なら、ちょっとくらい思《おも》いきったことを言《い》ってもいいんじゃないかと思《おも》った。

笑顔《えがお》のまま、「そうなんだ」と先《せん》パイはこたえてくれる。

「じゃ、残《のこ》りの半分《はんぶん》は、またおたよりに書《か》いてくれる？」

「の、残《のこ》りはその……そのうち！　そのうち直接言《ちょくせつい》います！」

「それは楽《たの》しみ」

また一《ひと》つ、がんばらないといけないことが増《ふ》えた。

非常階段《ひじょうかいだん》から校舎《こうしゃ》にもどる。あたしの歩《あゆ》みにあわせて先《せん》パイがとなりを歩《ある》いてくれてて、なんか一緒《いっしょ》にいるって感《かん》じがすごくする。

放送室《ほうそうしつ》に行《い》けば仲間《なかま》たちも待《ま》ってる。あたしも五十嵐先《いがらしせん》パイも、一人《ひとり》じゃない。

季節《きせつ》はもうすぐ夏《なつ》だっていうのに、春《はる》のぽかぽか陽気《ようき》みたいにあたしは浮《う》かれてて――

石《いし》ころもバナナの皮《かわ》もないのに、上履《うわば》きの足《あし》がつんのめった。

でも、いつもみたいに転《ころ》ばなかった。

ひっくりかえりかけたあたしの腕《うで》を、五十嵐先《いがらしせん》パイがつかんでくれている。

……まだまだこんなあたしだけど、がんばらなくちゃ。

つかまれた腕《うで》は熱《あつ》いしヘンな姿勢《しせい》ではずかしいし、とにかくもう足《あし》に力《ちから》が入《はい》らなくて動《うご》けない。そんなあたしを、先《せん》パイは笑《わら》いながら立《た》たせてくれる。

体中《からだじゅう》から湯気《ゆげ》をだしながら、がんばって精一杯《せいいっぱい》の「ありがとうございます」を口《くち》にした。

あとがき

ここまで読《よ》んでいただきありがとうございました！

はじめまして、神戸遥真《こうべはるま》といいます。

このお話《はなし》のテーマの一《ひと》つは「言葉《ことば》」です。いつものおしゃべり、手紙《てがみ》、メール、SNS《エスエヌエス》……色《いろ》んなシーンでふだん何気《なにげ》なく使《つか》う言葉《ことば》。

改《あらた》めて考《かんが》えてみると、言葉《ことば》ってとってもむずかしくないですか？

特《とく》に、紙《かみ》に書《か》いた言葉《ことば》みたいに消《け》しゴムで消《け》すことができない、口《くち》からでていく言葉《ことば》はむずかしいです。消《け》せないという意味《いみ》では、ネット上《じょう》に残《のこ》る言葉《ことば》も同《おな》じかも。

でも、このお話《はなし》で書《か》いたように、言葉《ことば》はステキなギフトにもなります。

友《とも》だちにでも、部活《ぶかつ》の仲間《なかま》にでも、好《す》きな先《せん》パイにでも、家族《かぞく》にでも、そんな風《ふう》に言葉《ことば》を使《つか》えたらいいなぁと思《おも》います。

そしてこのお話《はなし》も、だれかにとってのそんなギフトになったらとってもうれしいです。

このお話《はなし》を書《か》くにあたり、葛飾区立金町中学校《かつしかくりつかなまちちゅうがっこう》のアナウンス部《ぶ》に取材《しゅざい》をさせていただきました。色々《いろいろ》とお話《はなし》を聞《き》かせてくださった当時《とうじ》三年生《ねんせい》だった部員《ぶいん》さんたち、顧問《こもん》の大友先生《おおともせんせい》、そして練習《れんしゅう》を見《み》せてくださった部員《ぶいん》のみなさま、本当《ほんとう》にありがとうございました！

また、イラストを担当《たんとう》してくださった木乃《きの》ひのき先生《せんせい》、かわいいヒナちゃんとカッコいい先《せん》パイたちをありがとうございました！　もともと木乃先生《きのせんせい》のファンだったので、イラストを描《か》いていただけると連絡《れんらく》をもらったときは小躍《こおど》りしました。

このほか、集英社《しゅうえいしゃ》みらい文庫大賞選考委員《ぶんこたいしょうせんこういいん》だった豊田巧先生《とよだたくみせんせい》、何《なに》かとお世話《せわ》になったリーム様《さま》、担当様《たんとうさま》、編集長様《へんしゅうちょうさま》、校正様《こうせいさま》、デザイナー様《さま》、この本《ほん》にかかわってくださったすべての方《かた》にお礼申《れいもう》しあげます。

またべつの本《ほん》でお会《あ》いできたらうれしいです！

二〇一八年《ねん》　神戸遥真《こうべはるま》

【参考文献】『アナウンサーになろう！　愛される話し方入門（YA心の友だちシリーズ）』堤江実　PHP研究所

神戸先生、この度は「この声とどけ！」ご出版おめでとうございます！
イラストを担当させていただきました木乃ひのきと申します。
小学校の頃は放送委員会でした！

『放送部』という特別な部活動、
ヒナちゃんの自信が持てない気持ちにわかるよ～！と思いつつ、
五十嵐先パイにドキドキしていたら突然の爆弾発言！
どうなっちゃうの？！と読み進めていたら、
なんだかとっても可愛くて生意気なヒビキくんが登場、
さらにはホワッとした雰囲気で優しくて謎めく浅黄先パイ！
次から次へとイケメンが登場して、あ、もう、みんな好きです…となりながら
楽しくイラスト描かせていただきました。
この声放送部……ぜひ入りたい…！！！
このあとの放送部がどうなったのか、とっても気になります。
……気になります神戸先生！(･ω･三･ω･)

イラスト描かせていただきありがとうございました！

木乃ひのき

集英社みらい文庫

この声《こえ》とどけ!
恋《こい》がはじまる放送室《ほうそうしつ》☆

神戸遥真《こうべはるま》　作
木乃《きの》ひのき　絵

ファンレターのあて先
〒101-8050　東京都千代田区一ツ橋2-5-10　集英社みらい文庫編集部
いただいたお便りは編集部から先生におわたしいたします。

2018年 4 月30日　第1刷発行
2019年 6 月12日　第6刷発行

発 行 者　北畠輝幸
発 行 所　株式会社 集英社
〒101-8050　東京都千代田区一ツ橋2-5-10
電話　編集部 03-3230-6246
読者係 03-3230-6080
販売部 03-3230-6393(書店専用)
http://miraibunko.jp
装　丁　+++ 野田由美子　中島由佳理
印　刷　大日本印刷株式会社　凸版印刷株式会社
製　本　大日本印刷株式会社

★この作品はフィクションです。実在の人物・団体・事件などにはいっさい関係ありません。
ISBN978-4-08-321432-5　C8293　N.D.C.913　174P　18cm

「みらい文庫《ぶんこ》」読者《どくしゃ》のみなさんへ

言葉《ことば》を学《まな》ぶ、感性《かんせい》を磨《みが》く、創造力《そうぞうりょく》を育《はぐく》む……、読書《どくしょ》は「人間力《にんげんりょく》」を高《たか》めるために欠《か》かせません。たった一枚《いちまい》のページをめくる向《む》こう側《がわ》に、未知《みち》の世界《せかい》、ドキドキのみらいが無限《むげん》に広《ひろ》がっている。これこそが「本《ほん》」だけが持《も》っているパワーです。

学校《がっこう》の朝《あさ》の読書《どくしょ》に、休《やす》み時間《じかん》に、放課後《ほうかご》に……。いつでも、どこでも、すぐに続《つづ》きを読《よ》みたくなるような、魅力《みりょく》に溢《あふ》れる本《ほん》をたくさん揃《そろ》えていきたい。読書《どくしょ》がくれる、心《こころ》がきらきらしたり胸《むね》がきゅんとする瞬間《しゅんかん》を体験《たいけん》してほしい、楽《たの》しんでほしい。みらいの日本《にほん》、そして世界《せかい》を担《にな》うみなさんが、やがて大人《おとな》になった時《とき》、「読書《どくしょ》の魅力《みりょく》を初《はじ》めて知《し》った本《ほん》」「自分《じぶん》のおこづかいで初《はじ》めて買《か》った一冊《いっさつ》」と思《おも》い出《だ》してくれるような作品《さくひん》を一所懸命《いっしょけんめい》、大切《たいせつ》に創《つく》っていきたい。

そんないっぱいの想《おも》いを込《こ》めながら、作家《さっか》の先生方《せんせいがた》と一緒《いっしょ》に、私《わたし》たちは素敵《すてき》な本作《ほんづく》りを続《つづ》けていきます。「みらい文庫《ぶんこ》」は、無限《むげん》の宇宙《うちゅう》に浮《う》かぶ星《ほし》のように、夢《ゆめ》をたたえ輝《かがや》きながら、次々《つぎつぎ》と新《あたら》しく生《う》まれ続《つづ》けます。

本《ほん》を持《も》つ、その手《て》の中《なか》に、ドキドキするみらい――。

本《ほん》の宇宙《うちゅう》から、自分《じぶん》だけの健《すこ》やかな空想力《くうそうりょく》を育《そだ》て、〝みらいの星《ほし》〟をたくさん見《み》つけてください。そして、大切《たいせつ》なこと、大切《たいせつ》な人《ひと》をきちんと守《まも》る、強《つよ》くて、やさしい大人《おとな》になってくれることを心《こころ》から願《ねが》っています。

２０１１年《ねん》　春《はる》

集英社《しゅうえいしゃ》みらい文庫編集部《ぶんこへんしゅうぶ》